农村家庭教育100问

熊丙奇　国庆波　编著

华东师范大学出版社

内容提要 ■■■■■

　　本书选择农村家庭在教育孩子中普遍面临的 100 个具体问题，进行有针对性的回答，为留守儿童教育、单亲家庭教育、农村孩子生活教育、人格发展、心理健康教育以及求学，提供实用的方法与指导。适合农村家庭阅读。

前言 ■■■■■

　　人们常说，父母是孩子的第一位老师，可见父母在孩子成长过程中的重要作用。对于农村家庭父母来说，当好孩子的老师，需要付出比城市家庭更大的心血：农村家庭父母，有更大的生活压力；农村孩子，有着更复杂的心理；农村学校的教育，远不能与城市相比……

　　本书由教育学者、21世纪教育研究院副院长熊丙奇博士与上海位育中学副校长、特级教师国庆波共同编写。为编写这本书，我们去搜索了相关图书信息，发现针对农村家庭教育的图书，原来是如此匮乏，图书品种少不说，现有图书的内容，有一些是用"农村"替换"城市"，就变为适合农村的版本。——虽然教育的要义、规律是一致的，但适合城市的做法，不一定适合农村。

　　本书的所有问题，都尽量针对农村家庭实际，而作出的回答，也尽量根据农村孩子的身心特点，在回答问题时，我力求给农村家庭正确的教育理念，以打破他们存在的思维误区，同时，也基于自己对教育的理解，为家长设计教育引导孩子的办法。而所有这些办法要管用，其基本前提是，爱孩子，关心孩子。事实上，这是所有教育发挥作用的基础，没有爱就没有教育。

　　我们希望这本书更具农村特点，但由于自己对农村的了解毕竟有限，也很有可能出现用城市情况去推论农村的问题，因此，期望所有农村读者能指出其中的问题，以便本书改版时，增加更有针对性的问题，为农村家长提供更有针对性的家教方法。

熊丙奇

2010年8月

目录 ■■■■■

家长应该这样关注孩子的学习

1. 农村家长能当好家长吗？

误区：没有知识当不好家长

要点：当好家长与知识多少无大关系，与家长有无做人的道德品质紧密相关

在农村家庭教育中，有很多家长存在一种误区，认为农村的家长是难以当好家长的。因为他们认为现代家庭教育都是需要知识，需要帮助孩子学习的。这种理解是因为把家庭教育误解为知识教育。

确实，在对孩子的整个教育过程中，家庭教育有异化为知识教育的倾向，很多家庭对孩子进行知识的辅导，知识的灌输。农村家长在这种情况下，就会认为如果自己没有文化，没有高的学历，就无法扮好家长的角色，如果不能辅导孩子读书，就在孩子面前没有尊严。实际上这是一种错误的理解。对孩子的教育分为学校教育、家庭教育和社会教育，每一种教育扮演着不同的角色。学校教育是负责对学生的知识教育，主要是教育学生掌握文化知识，家庭教育主要是对学生进行做人的教育，教他们基本的做人的修养，而社会教育是对学生施加一种环境影响，是辅助学校教育和家庭教育顺利开展的外在环境。并不是说父母的知识越多，学历越高，就越能把家长做好。事实上，真正的好家长是与学历与知识的高低无关的。在现实生活中，不少有高学历的城市家长，虽然自身知识丰富，却由于对孩子缺乏关爱，而没有做好家长。因此，我们的家长千万不要为自己的知识局限以及学历而困惑，即便是文盲也可以当好家长，从古到今，有多少文盲家长却教出了科学家、文学家、思想家、军事家。具体来讲，健康的家庭教育包括以下几个方面：

第一，父母以身作则，也就是说，父母应该在孩子面前起表率作用，要以自己的行动去引导孩子，我们经常说，"父母是孩子的第一位老师"。家长应从以下几方面做孩子的表率：做诚实善良的表率；做勤劳节俭的表率；做关爱孝敬的表率；做邻里和睦相处的表率；做遵纪守法的表率；做谦让互助的表率。第二，家长要注意履行监护人的职责，给孩子营造良好的生活环境与成长环境，保障孩子的各项合法权益不受到侵犯。第三，父母应该告诉孩子做人的基本道理，哪些事情可以做，哪些事情不该做，哪些事情应该鼓励，哪些事情应该制止，都是在家庭教育中应该给孩子以教育与引导的，父母要及时发现孩子的行为偏差，然后去进行校正。

总之，家庭教育对于每一个孩子来说都非常重要，一个良好的家庭环境，一个以身作则的父母，一个能够及时告诉孩子为人处事基本规范的家长，就能够当一个好家长。

2. 家庭教育教孩子什么？ ·······················

误区：家庭教育就是教文化知识

要点：家庭教育不是一味辅导孩子学习，家庭教育的主要内容是给孩子营造一个健康的家庭环境，父母在言传身教中，引导孩子懂得礼仪、做人、勤劳、孝顺、节俭、上进

作为家长，在孩子的成长过程中，具体应该进行哪些教育呢？

首先，父母要着重关心孩子做人、勤劳、孝顺、节俭、礼仪、上进心的培养。一个孩子是否尊重周围的人，是不是孝敬父母，是否有集体观念，能不能主动关心他人，有没有节俭的良好的习惯，是不是积极乐观，这些与他所处的家庭环境都是有密切关系的。往往父母勤劳，勤俭持家，对长辈孝敬，与邻居和睦相处，这对孩子有非常大的影响。在父母跟孩子的交往中，如果父母能够以身作则，能够把自己的为人处事经验很好地告诉孩子，那么会对孩子成长产生很深的积极影响。

我们说父母是孩子的第一位老师，这个"老师"不是知识层面的"老师"，而是作为孩子的榜样，作为孩子的做人的老师，而且这种教育不仅仅是在孩子小的时候，应让其影响贯穿孩子的一生。孩子上小学、上初中、上高中，甚至孩子成人上大学工作，其实都离不开父母的引导。因为父母对孩子来说，除了亲情的纽带，更重要的是他能够给

予孩子很多的,是其他人包括学校里老师以及社会无法给予的共同的家庭生活经历,与成长感悟。

其次,应该积极与学校教育配合,来辅导孩子成长。我们知道,学校教育是对孩子进行知识教育,但是学校教育、家庭教育、社会教育是需要联动的。学校教育要起到效果,需要家庭教育积极参与。比如说,学校老师布置孩子家庭作业,孩子要回家完成,这时,父母要督促孩子按时完成作业,有的学校还会要求家长在孩子的作业本上签字。这个过程,就是希望父母参与到学校教育中,了解学校教育的进度。另外,有些时候校方会要求父母向学校汇报孩子的家庭学习情况,在家里的表现,以便学校采取更有针对性的教育措施。

家长和学校的配合是十分重要的。在家庭教育与学校教育中,有的也会发生矛盾与冲突,比如,学校教育孩子要诚实守信,要做一个遵纪守法的好孩子,但是有些家庭对孩子说,不要听老师的,因为社会很复杂,诚实守信是要吃亏的。这种情况下,孩子往往会为学校和家庭之间"不一样"的教育而产生困惑。家庭的教育消解了学校教育,因此学校教育和家庭教育的同步配合协调非常重要。

3. 寄宿的孩子需要父母怎样的关爱?·····························

误区:寄宿在学校,教育是学校的事,孩子的一切都应由学校负责

要点:由于远离父母,寄宿的孩子的心理问题可能更为严重,常出现孤独、孤僻、焦虑等问题。家长应充分关注,并协助学校做好适应教育

由于人口分布和办学条件等原因,一些农村地区有不少孩子从小就得寄宿。由于远离父母,寄宿孩子的心理问题往往比较严重。这些孩子的心理问题主要表现为孤僻、孤独、焦虑。不妨站在孩子的角度来理解,孩子只有 6 岁的时候就离开了自己的家,离开了自己的父母,来到一个陌生的地方,想家的心情,想父母的心情,是不言而喻的。当然,如果说同学校的同学都是寄宿的孩子,这种情况可能会好一些,因为孩子他会觉得周围的孩子跟我都是一样,我们之间没有什么差别,因此,他可能会对这种寄宿的环境很快适应。而如果在学校里有寄宿的孩子,也有不寄宿的孩子,那么寄宿的孩子就会产生更大的失落感。当每天看着走读的孩子被父母接回家,第二天再高高兴兴

来到学校的时候,他们会产生强烈的心理失落。因此,关心寄宿孩子的心理问题特别重要。

除了要求学校老师关心这些孩子,经常与孩子进行沟通,让孩子能够感受到家一般的温暖之外,对家长来讲,不要认为把孩子送到学校就没有自己的事情了。对寄宿的孩子,家长要通过以下几个方面来关心:

第一,家长要经常与孩子、与老师联系沟通,要询问孩子在学校里面的生活情况,人际交往情况,以及学习情况,及时发现问题,并及早解决。有的家长把孩子送到寄宿学校之后,平时很少与老师和孩子联系,就等着孩子下一次回家,这种情况是不好的。家长应该主动地跟老师取得沟通,去了解孩子的情况。

第二,孩子如果能够在节假日,或者是双休日回到家里,家长应该尽量抽时间和他们在一起,不要因为自己有各种各样的事务,在孩子回家之后也见不到家长的面,这会让孩子想家的心情、想见父母的心情、想与父母一起交流的心情受到很大的打击。家长应该尽量把自己的时间调出来,能够陪陪孩子,多与孩子进行面对面的交流,这对孩子的成长是有帮助的。

第三,有的家长对寄宿的孩子有一种"补偿"的心理,因为孩子是离开家到学校里面求学,因此父母总觉得对孩子有所亏欠。即便是由于当地的人口比较少,没有办学点,没办法在当地就近入学,父母也会觉得把孩子这么小就送到寄宿学校,让孩子吃苦了,因此,往往在孩子回家后,家长对孩子会进行"补偿",表现得过分关爱,这样一来,孩子反过来会对上学充满着一种反抗,或者说是一种不情愿,因为他觉得自己上学是吃苦的,是在为父母上学。经常可以在寄宿的学生中发现,每次孩子回到学校之后都有一到两天的低潮期,这与在家里面感受到温暖,感受到亲情,而到了学校突然失去了父母的呵护产生心理落差是有关系的。因此家长在孩子回家时,一方面要照顾孩子,与孩子沟通,了解孩子的情况,跟孩子一起游戏,一起活动,同时也不能过分地有补偿心理,这种补偿心理会使孩子产生一种不好的厌学情绪。

4. 留守儿童需要父母怎样的关爱? ·····················

误区:把孩子交给长辈就放心了

要点:留守儿童的成长更需要得到父母的呵护,让他们感受到完整

的家庭温暖

留守儿童是中国教育的一个比较特殊的现象,据有关资料统计,我国的留守儿童、流动儿童超过两千万。农民工进城打工,但无法把孩子同时带到打工的城市求学,或者由于打工城市的中考政策、高考政策不允许孩子在父母打工的城市就地升学,因此有大量的儿童会留在农村当地求学,但父母却不在身边。留守儿童往往与爷爷、奶奶、外公、外婆一起生活,让爷爷、奶奶、外公、外婆进行教育。在这种情况下,有不少父母认为,把孩子交给长辈就放心了,自己一心一意在城市里面打工挣钱。这种心态往往会使得留守儿童得不到母爱、父爱,产生一系列问题,留守儿童成为问题少年的比例比其他孩子要高。也正是由于如此,近年来不少学者一直在呼吁国家要重视两千万留守儿童、流动儿童的教育,给他们一个健康成长的学校环境,同时给他们一个健康成长的家庭环境。因此,为了让留守儿童能够健康成长,留守儿童的父母应该做到以下几点:

第一,应该经常跟孩子写信联系,或者打电话。在城市里打工的农民工,有条件的应该给家庭安装电话,以保持跟孩子的沟通。即便由于当地的通信条件不允许,不能给家庭安装电话,也应该经常跟孩子写写信,让孩子与自己的沟通不断线,这样可以把自己对孩子的成长指导,对孩子的关心能够及时地传递到孩子的身边。

第二,要经常与孩子所在的学校老师沟通,了解孩子的学习、生活、思想状况。虽然孩子有爷爷奶奶照顾,但是爷爷奶奶的年龄比较大,他们对孩子的生活上可以照顾,但可能在孩子的学习、思想方面却无法关心。因此在这方面,留守儿童的父母应该与学校经常联系,了解孩子的情况,把孩子的情况再转告给爷爷奶奶,希望他们能够在孩子的成长过程中对孩子出现的某些问题引起关注。

第三,对于农民工来讲,在经济允许的情况下,可以考虑把孩子接到身边,或者至少每年和孩子要团聚几次。随着国家不断推进教育公平,实行义务教育,孩子全免费上学,针对流动儿童的求学问题,国家也出台了政策,允许进城务工人员的子弟在当地上学,而且以上公办学校为主。国家有关部门还要求接受流动儿童的学校不收借读费,不收学费,享受与城市孩子一样的待遇。当然,进城务工人员的孩子在城市求学有多种方式,有的是进入公办学校,有的是进入打工子弟学校,还有的是进入民办学校,这要结合自己的家庭经济情况,以及当地的办学条件,进行综合分析,再作出决定。

总之，对于留守儿童，父母不应该把他们"遗忘"，要把他们的成长时时记在心里，同时要把它"表露"出来，这样才可能让孩子感受到父母的呵护，感受到家庭的温暖。否则他们有可能因为从小就不在爸爸妈妈身边，认为被父母"遗弃"，这会给他们留下很严重的心理阴影。

5. 怎样做好"代理家长"？

误区：让孩子不冷不饿就可以了

要点：被委托照看的孩子也需要"代理家长"的爱心付出。不对孩子另眼相看，多与孩子交流

所谓"代理家长"，就是现在在农村地区，有一些父母外出打工，无法照顾自己的孩子，而且家里也没有老人可以照顾自己的孩子，因此就把孩子委托给周围的邻居，或者是叔叔婶婶，由亲戚朋友来照顾自己的孩子。照顾孩子的这些家庭，他们所担负的角色就是"代理家长"。

当好"代理家长"很不容易。目前在"代理家长"中，存在两方面问题，一是不少"代理家长"认为，最基本的职责就是让这个孩子不饿着不冻着就可以了，不要让他在家里面吃不饱穿不暖，对不起他父母的期望；二是，"代理家长"处理与孩子的关系，尽量地跟孩子客气一些，毕竟不是自己的孩子，不好"放开来"教育，只要他不跟自己的孩子，或者是跟自己产生一些不必要的冲突就可以了。这种做法实际上把孩子当成了一个客人，这种"客居"的感觉会让孩子与"代理家长"产生一种距离感，无法亲近，因此作为"代理家长"，要通过三个方面来做好对孩子的家庭教育。

首先，不要对孩子另眼相看，应尽可能"视如己出"，把孩子当成自己的孩子。当然，要把别人的孩子当成自己的孩子，确实有很多的难点，因为对自己的孩子来说，有的家长说，我可以打骂，可以教育，可以无所顾忌，打了骂了还是自己的孩子，不会记仇。但是对别人的孩子如果打骂，如果说重了，稍微有一些感觉过分的言语、行动，就可能引起孩子的不满，因此总是觉得别人的孩子不像自己的孩子那么好教育。"代理家长"应该改变这种做法，应该尝试着把对方的孩子当成自己的孩子。当然这需要一个过程，也需要得到孩子父母的信任和理解。但最好的办法就是从细小的行动中表达

关爱,如摸头、亲脸、握手、穿衣、系扣、戴领巾等。

其次,多与孩子进行交流。孩子和"家长"的亲近感,是在交流和活动之中培养起来的。如果说没有跟孩子的交流,只是给孩子做好饭,让孩子吃饱穿暖然后去上学,回家检查作业,这样的孩子是无法跟"代理家长"产生亲近感,也不可能真正地把自己作为家庭的一员的。应该多表扬、鼓励,肯定成绩,鼓励孩子树立信心。

第三,多带孩子外出活动。任何一个健康家庭关系的建立,都需要父母与孩子之间通过共同活动来培养感情。作为"代理家长",也要经常带孩子去外出活动,这些活动包括赶集、农村集体活动、亲戚朋友的婚宴、生日等等,通过参加这些活动,孩子会认为他是家庭的一员,而不是被排除在这个家庭之外。如果"代理家长"带着自己的孩子上街,带着自己的孩子去参加亲朋好友的生日、结婚,而把这个受托孩子放在家里,让他自己照顾自己的生活,孩子会感到特别的孤独,会感觉到被排除在这个家庭之外,然后,无法去亲近代理家长,在这个时候,他会想起自己的父母,甚至默默流泪。

因此,做好"代理家长",最关键的就是要把"代理"二字去掉,就变为孩子的家长,要把自己扮演的"临时"父母的角色的"临时"去掉,就把自己作为这个孩子的父母。这样就能够像对自己的孩子一样对孩子进行健康的家庭教育,让孩子感受到更多的家庭温暖。

6. 单亲家庭该怎样教育孩子？

误区:没心思、顾不得孩子的教育

要点:单亲家庭由于孩子缺乏母爱或父爱,性格往往孤僻,而离异家庭往往由于父母间的矛盾,也使孩子感受不到家庭的温暖,家长应注意孩子的心理变化

单亲家庭包括两种情况:一是由于父亲或者母亲亡故;二是由于父母离异造成单亲家庭,有的孩子跟着父亲,或者跟着母亲,或者跟着祖辈生活。

单亲家庭现在也是青少年问题最多的家庭环境之一。由于缺乏父爱或者母爱,这些孩子往往性格比较孤僻,尤其是在离异家庭中由于父母的矛盾,父亲或者母亲有很多烦心的事情还要处理,顾不得孩子的教育,孩子很难感受到温暖。这种情况会使孩

子从小产生严重的人格障碍。北京医科大学公共卫生学院 2006 年 6 月份发布的一份报告显示，单亲家庭子女人格障碍患病率达 11.76%，为双亲家庭子女的 5.9 倍。另据有关专家统计，父母离异的家庭中青少年犯罪率在 40% 以上。

那么，作为单亲家庭的父母，该如何教育孩子，使他们健康、快乐地成长呢？

第一，要尽快走出悲伤的阴影，不要老是陷在伤感中不能自拔，这种消极情绪会对孩子产生很大的影响。有些单亲家庭不管是离婚也好，还是配偶亡故也好，都有一段悲伤的时期，这种悲伤的时期不可避免，但是要尽快地走出来，否则，这既对自己的生活产生不好的影响，还会对孩子的成长不利。

第二，对于离异家庭来说，不要老是说爸爸不好，或者妈妈不好。在离异家庭中，经常会发生爸爸在孩子面前说妈妈的不是，妈妈也会在孩子的面前说爸爸的不好，这会把对对方憎恶的心情传递给孩子，这样的孩子，容易产生仇视的心理，并很难形成健康的家庭观念、婚姻观念，他们所培养起来的家庭观念、婚姻观念是扭曲的。对于离异家庭来讲，应该从爱护孩子，给孩子完整的家庭出发，允许孩子去看爸爸或妈妈，尽量不要在孩子面前说爸爸或妈妈的不是，而要告诉他爸爸妈妈是爱他的。

第三，不要把孩子扔给老人不管，而应该履行对孩子的教育责任，尽可能多地带孩子参加一些集体活动，如乡村活动、朋友聚会等，让孩子在群体交往中，感受到关爱。有一些单亲家庭的父母，会把自己的孩子交给老人照顾，而自己过自己的生活。这种做法实际上是对孩子不负责的。本来单亲家庭对孩子来说就是残缺的，如果父母再从对孩子的教育中抽身而去，孩子很难有健全的人格。有些对孩子有责任心的家长，经常为了孩子而创设见面聚会的机会、让三口之家常有交流的氛围，这是文明而理智的做法。

第四，不要把孩子作为重组家庭的拖累，动辄打骂孩子，要知道孩子是无辜的，他的成长需要你的呵护。由于单亲家庭面临着重组家庭的问题，而重组家庭的过程中，可能对方会对"有孩子"有不好的一种评价，因此有些单亲家庭的父母，会把孩子作为自己的拖累，觉得是孩子影响了自己今后的婚姻生活，因此打骂孩子，要知道孩子是无辜的，他的成长需要父母的关爱，不要把他当成自己的拖累。更重要的是，在组建新的家庭的时候，要把孩子作为成员来考虑，如果对方不能接受孩子，排斥孩子，不管他对你有多好，你都不能贸然与他（她）组建家庭，否则在这样的一个家庭环境里，孩子会在继父或者继母的阴影之下生活，这会对他未来的心理健康产生非常不利的影响。事实上，如果自己的孩子在家庭中感受不到温暖，自己也不会幸福的。

因此,对单亲家庭的父母来讲,要认识到特殊家庭环境对孩子所造成的各种特殊的影响,要给予孩子更多的关爱,而不是在孩子已经面临单亲的情况下还雪上加霜,还让孩子进一步地被冷落、被抛弃、被伤害,而应尽可能要让孩子有一个温暖的家庭。

7. 夫妻教子观念不同怎么办？ ······························

误区:谁强势听谁的

要点:对孩子的教育,切忌家长的意见矛盾,让孩子左右为难

在孩子的教育过程之中,一些家庭经常会发生冲突和矛盾。比如说,在孩子成绩下降的时候,孩子在学校里犯错的时候,夫妻间总免不了要抱怨,都说是对方不好,不关心孩子,或者说是对方的做法导致了孩子今天这样不好的成绩,犯了这样的一些错误。这种互相埋怨,会使家庭在孩子的教育中产生严重的分歧。另外,孩子在选择学校的时候,大人们往往也有分歧,有的说进这所学校好,有的说进另外一所学校好,大家左右不定。

对于这种情况,我们应该有正确的理解,因为不同的人,对孩子的教育观念是不一样的。我们要立足一个共同点来统一这个矛盾,就是大家都是为了孩子好,没必要闹得不可开交,不要推托自己的责任、指责对方。确实,有的家庭,比如说丈夫在外打工,妻子在家里,或者是家里分工丈夫主外妻子主内,妻子多负责一点孩子的平时学习辅导,在这样一个情况下,如果说孩子出了一些问题,那么可能是会引起家庭矛盾的。这时需要大家坐下来,针对孩子已经出现的问题寻找比较好的办法来解决,而不是相互抱怨。

第一,冷静分析各自在孩子教育中做了什么。就是我做的对不对,做的够不够,自己有哪些方面的失职,这是自己首先要分析的,而不要首先想到对方做得对不对,他(她)的方法行不行,他(她)做得够不够,这样的话就把责任指向对方,而自己不负责任。

第二,在尊重孩子意愿的前提下,开家庭会议。农村家庭,很少有家庭会议这种方式,因为很多时候,大家不愿意坐下来平静地商量,往往谁强势就听谁的。实际上,家庭会议对孩子的成长是很重要的,有些时候甚至可以让孩子一起来参与,听听大家的

意见,比如共同分析孩子的成绩为什么下降,共同分析他为什么会犯这个错误,共同来分析选什么样的学校,大家的意见充分地表达,然后再进行决策,这就较好地统一了大家的认识,对今后孩子进一步的成长也是有好处的。因为如果仅是听从了某个人的意见,但是其他人心里面还是有自己的想法,没有被对方说服,这样在孩子未来的发展过程中也会出现别扭,也会出现不配合,也可能使孩子左右为难。

更重要的是第三点,不要让家庭的矛盾影响了孩子的发展。孩子还不具备比较明确的辨别能力,当家长经常在孩子面前为孩子的事情而吵架,吵得不可开交的时候,孩子会认为是因为自己不努力,没有达到爸爸妈妈的培养目标,使得家庭产生了矛盾。从积极的角度上来讲,有的孩子可能会为避免父母间的这种矛盾继续产生而努力学习、改变自己,但消极情况却更普遍,有的孩子会认为矛盾是由自己引起的,由此对自己充满厌恶,对自己不满甚至轻生。所以家庭教育一定要讲求方式方法。

8. 隔代抚育有哪些好处和弊端? ·······························

误区:把孩子推给自己的父母看护

要点:父母是孩子的第一责任人和监护人,不要忘记了对孩子的责任,要经常参与到孩子的教育之中,与孩子进行沟通、交流

隔代抚育就是孩子的父母由于自己的精力有限,或者是外出打工,把自己的孩子交给自己的长辈抚育,主要是爷爷奶奶,或者是外婆外公进行抚育。隔代抚育的好处是由于自己的父母与孩子有血缘关系,因此在孩子的人身安全、生活照料上不必有太多的担忧。而且,对于确实精力有限,工作繁忙的父母来讲,也减掉了自己工作上的后顾之忧,这对父母来讲是个便利条件。

但是,隔代抚育也存在着一些弊端。首先,调查发现,爷爷奶奶、外婆外公对孩子的溺爱会超过父母对孩子的溺爱,因为对于孙儿孙女来讲,往往爷爷奶奶总是不忍心过分严厉地教育,总是把他(她)当成"掌上明珠"倍加呵护,因此孩子犯了一些错,出现了一些问题,也不会进行批评,这是一个问题。

第二,就是爷爷奶奶、外婆外公,由于他们价值观念形成的时代与我们当前的时代相隔甚远,对于孩子的教育,他们的很多观念可能比较陈旧,由此难免会给孩子传递一

些过时的守旧的观点。

第三,在隔代抚育过程中,爷爷奶奶和孩子父母之间,他们的教育方式可能也会产生一些冲突。这也是因为大家的生长环境不一样,所接触的社会观念不一样。

要尽量避免隔代抚育的弊端,需要从以下几个方面着手:

第一,即便是隔代抚育,父母也不要忘记了对孩子的责任,要经常参与到孩子的教育之中,与孩子进行沟通,与孩子进行交流。

第二,父母也要跟爷爷奶奶、外婆外公一起商量,要从孩子成长的角度出发,对爷爷奶奶、外公外婆过分溺爱孩子的一些做法进行纠正,告诉他们对孩子要正确地教育,正确地引导,有意识地培养孩子良好的生活和行为习惯。

第三,家长在适当的时候,还是要承担自己作为父母的责任,不要一味地把教育孩子的责任全部推给长辈,因为长此以往,实际上孩子跟自己的感情会疏远。在条件允许的情况下,建议父母还是要自己来对孩子进行家庭教育。

9. 家长该怎么样疼孩子? ···

误区:过分溺爱

要点:严是爱,宽是害;爱必须有原则

随着我国计划生育政策的广泛推行,在不少的农村家庭,也都是一个孩子,而且还有几代单传的情况。那么,对于一个孩子来讲,往往在教育过程之中都有一种倾向,就是过分溺爱。家长对孩子纵容、百依百顺,孩子在家里,可谓衣来伸手,饭来张口,不做任何的家务,不干任何的农活。父母总担心让孩子挨冻受饿,总希望自己吃过的苦,不要让孩子继续吃。家长的心情可以理解,但是对孩子的这种过分溺爱、纵容,会导致孩子出现比较严重的问题。比如,个人主义观念很强,做事情往往只从自己出发,自私自利。还比如,孩子受不了一点挫折和打击,因为在家里,大家都是顺着他,做任何事情都没有障碍,习惯了没有障碍的生活环境与空间,当他们在学校里、在社会上受到一点挫折和打击,就有可能一蹶不振。最近几年来所发生的大学生自杀,中学生自杀事件,都反映出这种问题。有的孩子遇到很小的挫折,比如老师批评、考试不及格、失恋,就觉得天塌下来了,于是采取一种过激的反应。

过分的溺爱其实不是爱,这不利于孩子成长。父母在对孩子进行教育时,要意识到:

其一,严是爱,宽是害,严格要求孩子才是真正对孩子的关爱。纵容、百依百顺,甚至是百般讨好孩子是对孩子的害,这种教育方式,使孩子难以形成正确的人生观念,也很难适应今后的社会现实生活。

其二,父母对孩子的爱是要有原则的。只有基于让孩子成为一个健康人的爱,才是正确的爱,如果你的爱不是让孩子健康成长,而是畸形发展,人格上有残缺,那么这样的爱,实际上是对孩子的一种伤害。家长对孩子的爱一定要有原则,懂得拒绝孩子的不合理要求,及时发现孩子行为习惯中的问题,并加以引导。

在农村的家庭之中,有的家庭由于父母在外打工,平时很少跟孩子在一起,一旦跟孩子在一起的时候,基本上是孩子要什么就给什么,而且明明是孩子在这个过程之中表现出了很多的缺点、不足,但父母也不忍心去批评孩子,觉得这样可能会使孩子跟自己的关系疏远。但是,这种做法恰恰是没有原则的,这种没有原则的爱会使得孩子认为,这些不足、这些弱点家长也是允许的,甚至他们会把这种弱点、这种缺点也当成是自己的一个优点,继续"发扬光大"。

爱孩子是每一个家长都应该做的,但是爱一定要有原则,爱一定要以让孩子成为一个健康的人为出发点,不能过分溺爱,不能对孩子百依百顺。

10. 棍棒底下能出人才吗?

误区:不打不骂不成器

要点:适当的惩戒教育是需要的,但惩戒的前提是对孩子要有爱

相对于对孩子的过分溺爱而言,现在有的家庭对孩子的教育是采取过度的惩戒。所谓惩戒,就是采取打骂的方式来对孩子进行教育。一旦孩子考试不好,在学校里面犯错,被老师批评,家长就采取简单粗暴的方式来教育孩子。

打骂教育,存在以下严重问题。一是伤害孩子的自尊,在孩子不懂事的时候,对孩子进行一定的不伤害身体的惩戒教育,可以为他们做出规矩,但当孩子懂事的时候,不讲道理的打骂,会使得他们觉得自己没有尊严,会对父母的打骂教育产生很强烈的反

抗情绪。二是过分的惩戒,实际上使家庭教育变成了暴力教育,有的孩子考试考得不好,回家之后把试卷给父母看,父母一看成绩这么差,马上随手操起身边家伙就朝孩子打去,结果打到孩子的头部,造成了很大的伤害。三是父母一直采取惩戒方式教育孩子,孩子有可能产生非常强烈的报复情绪。粗暴的教育会出现恶性循环,在今天的一些家庭之中,孩子打父母也成为新的家庭暴力现象。有的家长对孩子进行打骂,孩子不是忍着不还手,而是跟父母对打,这是我们粗暴的家庭教育所种下的苦果。

为了防止这种苦果不断恶性循环,家长要改变"棍棒出人才"的教育观点。对孩子进行适当的惩戒,不是不可以,但是惩戒的前提是要对孩子有爱,没有爱的惩戒教育,难以有教育效果。如果说平时家长跟孩子一直没有交流,动不动就对孩子进行惩戒,孩子会觉得父母是不爱他的,父母就是要打骂他。而且惩戒的方式,也不是一味地采取体罚、打骂,可以采取的方式有多种,包括原来承诺给孩子买的东西,由于犯错现在不买了;原来答应他可以出去旅游,但是由于他犯错可能要取消。另外,当孩子犯错误时,家长不应该让孩子独自"面壁思过",而是要跟他共同寻找原因,包括父母自身的原因,让孩子感觉到,你对他的惩戒实际上也是出于对他的爱。

11. 再苦不能苦孩子?

误区:不要让孩子吃苦

要点:吃苦教育本就是所有教育中不可缺少的组成部分,关系到孩子的自强自立,给孩子养尊处优的环境,孩子恰恰不懂得奋斗与吃苦

在农村地区普遍存在着一种观点,就是"再苦也不能苦孩子",不能让孩子吃苦。有的家庭生活环境很差,经济条件很不好,父母节衣缩食也要给孩子创造一个好的成长环境。这种心情是可以理解的。但是吃苦教育本身来说就是所有教育中不可缺少的重要部分。因为吃苦教育关系到孩子的自强自立,吃苦的锻炼,可以给孩子很可贵的意志品质磨炼。当然这种吃苦不是让孩子吃不饱穿不暖,老是风餐露宿,所谓吃苦是要让孩子有坚强的意志,不怕困难,不好逸恶劳,懂得勤俭节约,懂得参与家庭的建设,不是变成家庭里面的"公子少爷",不能是父母节衣缩食,而让孩子吃大鱼大肉,不能是父母在外面汗流浃背劳作,而孩子在家里面享

受空调、看电视。这种教育会使孩子滋生一个观点,就是他是被呵护的,最终成为追求享受的人,不懂得奋斗与吃苦。

任何一个人的成功,都离不开勤奋努力,而这种勤奋努力不是先天而来的,每个人都有避苦趋乐的倾向,家长如果不让孩子吃苦的话,就很难让孩子养成吃苦耐劳的坚韧品格。因此即便家庭环境再好,也不能让孩子养尊处优,对那些家境不好的家庭来说,更不能父母自己节衣缩食,也要给孩子创造一个自以为完美的环境。

培养孩子吃苦精神的方式很多,包括孩子自己的事情自己做,家长绝不包办代替;让孩子承担家庭建设的一定责任,做一定的家务和农活,不要孩子一叫累就让他停下来等等。

12. 给孩子寄钱就完成父母的职责了吗? ······························

误区:将爱体现在物质方面

要点:父母对孩子最大的影响,不在于物质的给予,更应该关注孩子的身心健康成长

外出打工的父母定期给家里寄钱,寄给"代理父母",寄给自己的爸爸妈妈,然后就觉得完成了对孩子的职责;还有的家庭不断地给孩子创造好的物质条件,让孩子衣食无忧,就认为完成了对孩子的教育责任。这种仅仅把对孩子的责任局限在给孩子创造一个好的物质环境方面的做法,实际上忽视了对孩子的意志品德教育,以及对孩子人格发展、身心健康成长的关注。

一定的物质环境是需要的,没有一定的物质环境,家庭和孩子的生存都会存在严重的问题,孩子缺乏营养,身体发育也会受到影响。但是在一定的物质环境基础之上,家庭更应该给孩子一个好的教育环境,更重要的是,在创造物质环境的过程中,父母要让孩子真正地认识到自己家庭的具体情况,不要使孩子产生一种"错觉",就是自己的家庭环境非常不错,失去了对自己家庭情况的正确评价。

在对孩子的教育中,我们经常可以看到,有的父母非常痛苦,就是那些家庭条件非常优越的父母,他们觉得自己已经尽了很大的努力,孩子要什么就给什么,但是孩子最终还是不理解他们,不尊重他们,甚至对他们的付出视而不见,这就是因为他们不懂得

物质并不能代表一切,其实对于孩子来讲,更重要的是精神上的沟通,情感上的交流,而不仅仅是物质上的给予。物质上的给予是无底的,你今天给了他一辆自行车,明天他可能就想要一辆更好的山地车,你今天给他买了一双很好的皮鞋,明天他可能想要一双更好的名牌皮鞋。因此,我们会发现,即便是家庭经济条件一般,孩子穿着一般,但是只要是家长跟孩子的沟通比较多,交流比较深入,孩子与父母的感情非常深的也相当之多。

13. 要不要让孩子卷入家庭冲突？··

　　误区:把孩子当工具

　　要点:要尽量避免在孩子面前吵闹,砸东西,不要使孩子要么陷入冷暴力,要么在热暴力之中煎熬,应尽可能给孩子健康成长的家庭环境。

　　这样的场景或许大家并不陌生:

　　有的父母不顾孩子,当着孩子的面大吵大闹;还有一些家庭为了争夺利益,比如说分家产,分房产,把孩子当成筹码;还有一些家庭产生矛盾,拿孩子出气,以惩罚孩子达到惩罚对方的一种目的。

　　不和睦的家庭,会导致孩子性格发生偏差。有的孩子在家里面感受不到温暖,会离家出走,混迹社会。还有一些孩子会在家庭矛盾的冲突之中感到非常痛苦,从而影响到他们正常的学习。

　　因此,父母要尽量避免在孩子面前吵闹,不要在孩子面前砸东西,也不要家庭冷战,让孩子陷入冷暴力。不管是家长吵闹也好,砸东西也好,这种行为本身就是家长不以身作则,会让孩子今后也会有这种不好的行为。当某一天孩子也在你面前砸东西的时候,你就会发现自己的这种做法是多么的不妥。如果希望自己的孩子不出现这种砸东西、无理吵闹的行为,那父母自身就要尽量避免。

　　一些家庭吵闹之后,夫妻互相不理,同时也不理孩子,这就是家庭冷暴力。孩子的幼小心灵,很难理解大人们的世界,往往面对这种情景,他会非常的恐惧和恐慌。长期在家庭冲突的环境下生活的孩子,会没有家庭温暖感,在他们融入社会生活时,也会存在人格上的障碍。

　　因此从孩子健康成长,顺利融入社会出发,一个家庭不要把孩子当成"工具",不要让孩子卷入家庭的冲突,如果家庭冲突不可避免,那么应该尽量在家庭冲突与孩子之间设立一道"防火墙",不要让家庭冲突去影响孩子幼小的心灵。比如,当家庭发生冲突的时候,可以把孩子送到父母处,或者把孩子送到邻居处,这样可能会适当地缓解家庭的冲突对孩子产生的情绪冲击。

14. 为什么说家长要尊重孩子? ···················

  误区:孩子是我的

  要点:孩子不是家长的私有财产,是一个社会公民,父母要懂得尊重孩子的权利

有的父母打孩子,周围人去劝,他们会回一句:"孩子是我的,我爱怎样就怎样!"

"孩子是我的",这一句简单的话,把孩子是家长的私有财产这样一种家庭关系定位表露无遗。孩子属于家庭,更属于社会,在现代社会里,孩子是一个社会公民,家庭只是这个孩子在未成年之前暂时寄养的一个地方,父母的责任就是让孩子能够在未成年之前得到父母的保护,能够得到父母的监护,能够保证他们的合法权益,能够让他们健康地成长。当孩子长大成人之后要离开这个家庭,走进社会,因此孩子绝对不是一个家庭的私有财产,更不是家长的私有财产,不是说家长想怎么处置就怎么处置,孩子是一个活生生的人,有自己的权利。我们国家的《未成年人保护法》也规定了青少年所拥有的合法权益,以及家长在保护未成年人方面所应该履行的责任,家长不能够把孩子当成自己的私有财产随意打骂。这种家长,首先是一个不合格的家长,其次是违反《未成年人保护法》的。

家长要把孩子当成一个平等的公民对待,在与孩子的交流、沟通中,要尊重孩子的权利,保护孩子的隐私,不能够随意侵犯孩子的隐私,去翻阅孩子的信件,去干涉孩子的私人空间。只有从尊重孩子出发,而不是用家长的身份去压制孩子,在孩子面前要家长的威风,家长才能获得孩子的尊重。有时,即便是孩子一时之间屈服于家长的威风,但是会造成家长与孩子之间的长久隔阂。

不少家长往往爱对孩子的事自作主张,爱对孩子的未来越俎代庖作决定。随着社会的发展,家长已经不可能代替孩子去作一切决定,因此,如果想让孩子成为一个有用

的人才,就应该从小培养孩子的权利意识,把他作为一个平等的公民、一个今后能够在社会独立生活的人才来看待,这样,孩子才能进入健康的成长轨道。

15. 怎样对待智障、残疾等特殊孩子?···································

误区:家庭拖累

要点:这样的父母是特别艰辛的,他们要付出更多的爱,不要嫌弃,反对歧视,特殊关爱,给孩子一片爱的蓝天

在一些家庭里有"特殊"的孩子,这些特殊的孩子包括先天的智障,以及先天或后天残疾的孩子。对于这些孩子,有的家庭充满了无奈,认为是家庭的拖累。我们理解,面对这样的孩子,这些父母是非常艰辛的,因为他们要付出更多的爱。比如说对于生活缺乏自理能力的智障孩子和残疾孩子来讲,父母要照顾他们到老,而父母还看不到孩子对自己付出的理解与回报。

对于特殊孩子的教育,有以下一些建议:

第一,对孩子不要嫌弃。家庭的温暖对他们非常重要,离开了家庭的温暖,他们很难感受到更多的温暖。虽然说现在社会上有各种机构给智障与残疾人以帮助,但是家庭才是孩子真正温馨的港湾,因此父母不要嫌弃他们。

第二,反对歧视。虽然我们一直强调人人平等,但实际上社会上还是存在对智障、残疾孩子的歧视。而反对歧视,要从特殊孩子的父母做起,对孩子真的一视同仁。尤其是当家里有智障孩子、残疾孩子之后,有的父母还会要一个孩子,在健康的孩子和智障、残疾孩子之间,如果说家庭偏向健康的孩子,而不去关注、呵护智障和残疾的孩子,智障和残疾孩子的生长发展会面临很大的危机,尤其是残疾的孩子,会产生非常严重的心理疾病,因为他们本身对自己就有一种自卑,有一种被社会歧视的感觉,如果家庭也没有给他们一种平等的关爱,他们会感觉自己整个被抛弃。

第三,对他们进行特殊的关爱。残疾的孩子与健康的孩子有不同的心理,很敏感,也很容易从别人眼光里,看到对他们的不平等与歧视。还有他们自卑,觉得自己身体某一个部位残疾,不像健康人一样。因此,对他们来说,要有特殊的关爱,要给他们特殊的呵护,让他们走出这种心理的阴影,能够健康地生活,能够自强自立。当然,"特

殊"的关爱也是需要技巧的,不能痕迹过重,让他们发觉"特殊"。实际上,最好的状态,就是把他们当作一个健康的平常人。

总之,对于智障、残疾的孩子,家庭要努力地给孩子一片爱的蓝天。当然,在家庭为孩子付出劳动的时候,社会也要给予这些孩子关爱,给他们创造良好的成长空间,帮助这些父母一起来教育孩子。另外,我国的《义务教育法》规定,智障和残疾孩子也有上学的权利,可以送到特殊学校接受特殊教育。对于特殊学校给孩子的教育,父母要给予配合,不要认为孩子智障、残疾,就不给他们上学的机会。通过教育,能让残疾孩子自食其力,是对他们最大的关爱。

16. 对孩子应该有怎样的期望? ·························

误区:考不上大学就不读书

要点:正确认识读书上学的目的和意义

望子成龙、望女成凤,这是每一个家庭对孩子的期待。对农村的家庭来说,更希望孩子通过读书考上大学,实现命运的转变。因为在我们国家,孩子要从农村户口转为城市户口,要从贫瘠的农村走到繁华的都市,要实现更好的人生理想,就是通过读书这条道路。很多家长送孩子去上学也是基于这样的期望。那么,这样的期望对不对?

首先,父母要认识到读书上学的价值是什么。读书上学的第一价值,实际上不是考上大学,而是让孩子拥有生存的技能,让他们能识字,掌握一定的能力,然后通过这样的能力,改变自己的生活,这是第一位的价值。

第二位价值,才是改变命运、转变"身份"。从小学到读初中,再读高中、上大学,然后转变自己的农村户籍,在城市里面找到工作,这是读书成才的理想路径。相对而言,走上这一理想路径的学生还是为数不多。虽然今天我国高等教育的毛入学率达到24%,高等教育规模已经达到 2700 万人,但是,农村孩子上学的比例也就是 10%,即100 个人里面仅有 10 个人上大学。因此如果说父母对孩子的期望是能够考上大学,那么这样的期望可能最后会有更大的失望。从这个角度上讲,父母对孩子的期望要合适,也就是说,希望孩子能够成为一个自食其力的劳动者,而不是说仅仅是考上大学,考上大学其实也不是一个人成才的终点。我们也知道,今天有很多学生即使考上大学,毕业后也很难找到工作。过高的对孩子一定考上名牌大学的期望,对于大多数家庭来说,是不合适的。

第三,通过上学读书,掌握知识和技能,为将来更好地为社会发展服务打下坚实的基础,成为为社会发展作出贡献的优秀人才。

在让孩子读书成才、掌握知识、提高能力的期望下,我们才能够更加理性地、更加科学地来看待怎样让孩子求学,怎样让孩子成为一名健康的人、合格的人。

17. 孩子应该掌握哪些基本生活技能？ ·······························

误区：生活技能就是洗衣煮饭

要点：孩子更重要的生存能力是，认识自己、适应社会、融入社会

生活技能对每个孩子来说相当重要，我们要让孩子在社会上生存、发展，首先就应该让孩子拥有基本的生活技能。在我们的普遍认识里，孩子的生活技能就是指洗衣做饭等基本的生存能力。这样的生存能力认识，将对孩子的生存能力培养局限在做一点家务、干一点点事上。

联合国教科文组织，对一个人的生活技能有更全面的分析，包括以下几方面：

第一，孩子要对自我了解，了解自己的特点，培养自己的自我认知能力，要知道这个世界上不存在十全十美的人，要看到自己的长处，要培养自己乐观的个性，也就是说要正确认识自己。

第二，学会亲近和表达，培养良好的交往能力。要懂得和别人和睦相处，友好协商，克己让人。这就是说，要有良好的人际交往能力，因为如果说一个人在这个社会上生存，处处与人为敌，处处与别人作对，这是没有生存技能的一种表现。

第三，学会缓解压力。实际上在社会生活中有各种各样的压力，如果不会缓解压力就会走向极端。因此懂得调节自己的心理，也是一个人生存的能力。

第四，要理解支持他人，要懂得换位思考，要懂得什么是爱心，这是非常重要的。也就是说，我们每一个人要在这个社会上生存，要知道将心比心，设身处地地站在对方的立场和角度上考虑问题，而这样也会获得对方同样的关心。

第五，有效解决问题。要培养相应的应对能力。我们目前的学校教育往往是集中

在知识层面,告诉学生某些知识,掌握某些技巧。而更重要的是,应该教育孩子面对未来各种各样的挑战的应对能力,懂得怎样去处理这些问题,这是最重要的生存能力。

第六,要避免攻击性的言行,要严格要求自己。不要为了自己的某些小的利益,去跟周围的人争斗,甚至使用武力和暴力。当一个人的行为都不遵纪守法的时候,即便你有再强的能力,也会因为你违反基本的社会规则,而不可能更好地生存。

对于孩子,除了简单的生活能力之外,更重要的是要懂得怎样在这个社会上与他人相处,懂得这个社会的基本规则,懂得去应对各种各样的社会挑战,能够在面对挑战中抓住机遇,成功实现自我。

18. 怎么样培养孩子生活自理能力? ……………………………………

误区:包办代替

要点:孩子的自理能力差,往往起始于父母对子女的娇惯

有一些孩子从小就开始寄宿,寄宿的孩子通常面临一个严重的问题,就是生活不能自理。经过一段时间的培养,他们可能会慢慢学会生活自理。而更多的孩子则因为在家庭里由父母一手操办,有些父母生怕孩子苦着累着,从叠被子、洗衣服,到打洗脸水、倒痰盂都是一一代劳,导致孩子到了小学高年级、初中、甚至高中、大学,也没有基本的生活自理能力,包括煮饭、洗衣、扫地、削苹果、挂蚊帐等等,有些孩子都不懂。

曾经有一所学校,在小学四年级时上了一节活动课,让孩子削苹果,没想到能够削苹果的孩子不到三分之一,有不少孩子甚至把苹果当成土豆一样来削,把苹果弄得坑坑洼洼。每年大学新生报到,也可以看到有不少大学生不知道怎样挂蚊帐,不知道怎么样把床铺好,这些都反映出家庭没有对他们进行生活自理能力的培养。

从孩子健康成长出发,父母应该从小让孩子学会自己的事情自己做,不要去包办代替。包办代替的结果,就是孩子能力严重退化,这种没有自理能力的孩子,不但求学中有障碍,也难以适应独立的社会生活。

当没有自理能力的孩子离开家庭之后,父母往往会对他们的生活充满着担忧。与其担忧,还不如从现在开始,就对孩子进行自理能力的培养。当然,相对于城市来讲,农村家庭的孩子,要稍微好一些,大多数农村家庭的孩子,从小就开始做一些力所能及

的事。而有一些进城务工家庭的孩子，就发生了变化，因为到了城市之后，家长有可能会帮助孩子做好一切，让孩子全心地去读书，这种做法，不利于孩子自理能力的培养，也不利于孩子自立自强精神的养成。只有重视孩子自立自强精神的培养，才可能让孩子今后真正能够在社会上生存，获得更好的发展。

19. 孩子看看牌喝喝酒没关系吗？ ·····························

误区：让孩子从小接触社会，掌握灰色技能

要点：家长要引导孩子明确看牌喝酒的利害关系，要时时以身作则

在一些农村地区，有些家长打牌、玩麻将，会让孩子围在桌边看着，家长也不会叫孩子离开。甚至有些时候，父亲或者母亲还会叫孩子帮忙摸牌，帮他们打，顶替他们的角色。还有，在一些婚礼宴席上，有些家长鼓励孩子喝酒。对于这些情况，有的家长认为，要让孩子从小接触社会，培养这方面的技能。一方面，在他们看来，孩子打打牌，喝喝酒，这是没有什么大关系的；另一方面，他们认为这些本领，要从小学起，只有学好之后，才能够面对复杂的社会，才能搞好人际关系。

父母的这种做法是不对的。首先，孩子喝酒对他们的智力、对他们的身体会造成伤害。在国外，有很多国家有明确规定，酒不准卖给未成年人，把酒卖给未成年人是违法的，这就是出于对孩子的身心健康发展来考虑。

其次，从小学会赌博、喝酒、抽烟，会让孩子养成不良的习惯，使这些孩子过早地出现各种各样的问题，而当这个孩子上初中开始赌博，上高中开始酗酒的时候，我们的家长再认识到其危害，已经为时已晚。因此，要注意从孩子小时候就为他们创造好的环境，而不是让他们沉浸在打牌、喝酒的环境中，耳濡目染，养成不良的习惯。

培养孩子健康的习惯，要防微杜渐，从小事做起，家长不要因为自己的一时疏忽或者错误的观念，给孩子错误的引导。

20. 孩子打架怎么办？ ································

误区：都是自己的孩子好，别人的孩子不好

要点：要告诉孩子规则，与周围人和睦相处，不要伤害他人，学会大气包容

在农村，经常会出现孩子与周围邻居的孩子打架，发生冲突的情况。孩子的打架冲突，往往还会引发邻居之间的纠纷。孩子发生打架时，家长千万不要忙于与对方的家长论理，忙于去呵护自己孩子的短处，而应该把此作为引导孩子怎样与周围的同伴相处，怎样更好地融入群体的一个好的教育机会。

处理孩子打架，应注意以下几点：

第一，孩子"打架"可能只是游戏。孩子有自己的交往方式，他们发生打架，可能是执行他们自己制订的规则时产生冲突，而打架本身也可作为处理矛盾的一种方式。因此，家长不应该把打架上升到"谁吃亏谁得了便宜"这种性质来处理。只要打架没有造成孩子身体伤害，应该理性地看待孩子的打架行为，引导孩子们如何自行解决矛盾，握手言和。

第二，要告诉孩子规则。告诉他怎样与周围的人和睦相处，不要去伤害他人。因为对于孩子来讲，有些时候他们在与周围的孩子进行沟通的时候，不能以道理来说服对方，往往就会采取武力的方式，而这种武力的方式最后就会造成对别人的伤害，反过来也会伤害自己。因此要告诉孩子，要养成与周围的人进行交流时的一个说理的习惯，要尽量地以道理来说服对方。要告诉孩子遵守规则的习惯，要懂得遵守规则，而不是去破坏规则，要孩子懂得去关心周围的孩子，而不是动不动就与别人打架。

另外，在孩子的打架中，还有一种现象，就是有的孩子想以打架来显示自己的能力，显示自己的实力，来吸引人的关注。对于这样的孩子，要告诉他，会打架不是好汉，要通过自己的文明行为赢得周围的好评，而不是用拳头来打出别人对自己的尊敬。

21. 孩子不听话怎么办？ ·······························

误区：听话的孩子就是乖孩子

要点：孩子是一个独立的人，有自己的想法，家长要善于倾听孩子的意见，尊重孩子的想法

听话的孩子就是乖孩子。这是家教中的一大误区。在今天的家庭教育中,这种想法也普遍存在。当家长要求孩子去做什么,孩子就听话地去做什么;当家长告诉孩子要成为一个什么样的人,孩子就呼应说自己要成为一个什么样的人。对于这样的孩子,父母总觉得孩子很乖,不用大人太多操心,心里很高兴。

但从教育的经验看,往往是那些"不听话"的孩子,反过来在人生发展中会取得更突出的成就。为什么会这样?简单地说,听话的孩子,往往没有自己的主见,没有自己的想法,没有自己的独到见解,顺从父母的观点,是没有个性的一种表现。对于孩子的"不听话",家长应该注意:

第一,孩子是一个独立的人,他也有自己的想法。因此,家长应该允许孩子有自己的想法,有不同的观点,那种认为听话的孩子就是乖孩子的观念,恰恰是家长自己出了问题。

第二,家长要善于倾听孩子的意见,要尊重孩子的想法。父母要知道,孩子是有自己的想法的,因此不要先入为主地强迫孩子接受自己的观点,而要先听听孩子的想法,问他为什么要这样想,分析他的想法中的合理性,不要扼杀孩子的想法,而要尊重、引导孩子的想法。

举例来说,有的孩子把家里面的钟表拆掉,家长非常生气,觉得他捣乱,实在调皮,破坏家里的东西,然后进行惩罚。但这种打骂,可能扼杀了孩子探索的天性。家长应该问孩子为什么要去拆钟表,也许是孩子想了解钟表为什么能走,为什么会报时,他去拆钟表,恰恰表明他在进行探索,他有强烈的好奇心。而这样的好奇心、探索精神,有可能被父母一责骂或惩罚,今后他就再也不敢去探索,不再对周围事物充满好奇了。

因此,家长在教育孩子时,要时刻注意尊重孩子的想法。像孩子拆钟表这件事,如果家长尊重孩子的想法,先问他为什么要去动它,然后鼓励他去动,甚至还与他一起来拆这个钟表,那么,结局可能是,孩子的好奇和探索得到鼓励,会培养出很强的动手能力,今后有可能成为机械领域方面的专家也说不定。实际上,有很多著名的科学家、伟大的工程师,他们都是从小就有着各种各样的想法,而家长正是顺应孩子的想法,鼓励他们去想,鼓励他们去做,鼓励他们的好奇心。他们喜欢探索的天赋、天性得到了保护与激励,才有他未来的成长与成就。

家长若不是顺着孩子的想法进行正确的引导,而是坚持要求孩子一定要按照大人的要求来做事,这不是对孩子好,而是对孩子的耽误。

22. 孩子任性怎么办？ ....

误区：就一个孩子，依了他，对孩子百依百顺

要点：任性不是个性，父母要正确看待子女的要求，懂得拒绝，并告诉他道理，纵容孩子会酿出恶果

孩子的任性主要表现在以下一些方面：比如说，有的孩子跟父母上街，看到某一样东西，一定要家长买，家长不愿意买，或者是没带钱，告诉他不能买，孩子马上躺在地上打滚，大发脾气，不买就不起来；还有一些时候，有的孩子要求父母给自己买名牌衣服，买名牌鞋子，父母没答应就与父母翻脸，甚至与父母动手。

父母对于孩子的任性，大致有两种做法，一是想着只有一个孩子，尽量依着他，对孩子百依百顺；二是有的父母认为，孩子在地上打滚、耍脾气，弄得自己很没脸面，因此就顺应孩子的脾气，把东西买了。

任性不是个性。孩子这种不达目的誓不罢休的做法，只要自己想要什么就一定要达到目的的做法，父母不能纵容，而要给予拒绝。父母不要认为，这是对孩子的爱，而要认识到，适当地拒绝孩子的要求，是给孩子树立一定的规则，让他懂得一种规范。如果不及时为孩子树立这种规范、规则，孩子很有可能一发不可收拾，自我意识非常强烈，物质欲望非常强烈，不尊重他人的意见，不考虑周围环境的因素。

因此，当孩子在地上打滚，大发脾气的时候，父母应该"冷处理"，让他自己打滚，自己离开，可以站在远远的地方，看他的表现。当你把他晾在一边，不去理他的时候，他就不可能有下一次。

23. 孩子脾气坏怎么办？ ....

误区：对孩子的坏脾气以坏制坏

要点：应该在孩子发脾气的时候，冷静地处理，等他发完脾气之后再跟他讲道理，并采取多种措施帮助他控制坏脾气

在家庭教育中，不少父母对孩子的坏脾气很担忧。有的孩子动不动就对父母发

火,比如早上起床,发现父母没有给他准备好早饭,没有给他准备好上学的衣服,或者放学回家,跟父母提出某个要求,父母没有满足,甚至是他自己在做作业的时候,遇到了难题,也会大发脾气,甚至摔东西。

对于脾气很坏的孩子,家长应该怎么做呢?

第一,首先要分析自己的行为。孩子的不良习惯有不少来自父母,父母如果动不动就在孩子面前发火,脾气火爆,往往会把这种习惯传染给孩子,孩子也会脾气火爆,动不动就摔东西,因此父母要反省自己的行为。

第二,要对孩子这种坏脾气进行冷处理。一般来说,对于这种坏脾气的孩子,在他发脾气的时候,父母往往采取"以刚克刚"、"以坏制坏"的方式,反过来会火上浇油,愈演愈烈,父母应该采取"以柔克刚"的方式,在他发脾气的时候冷静地处理,等他发完脾气之后再跟他耐心地讲道理。

第三,教给孩子适当控制脾气、转移愤怒情绪的办法。发脾气,往往是由于对某件事情特别愤怒或者生气,家长应该通过让孩子跑步、拳击等,使其紧张情绪得到缓解,并告诉孩子要懂得调节和缓和自己的脾气。遇到生气、不顺心的事,先不要去想它,可以先做其他事,转移注意力。

第四,对于坏脾气的孩子,应该给他更多的社会交往机会,多参与一些群体的活动,让周围的邻居,或者请老师推荐同学对他进行帮助。因为有些坏脾气的同学,他只是在自己的父母面前发火,而这种脾气在群体的范围内,往往会碍于面子不发作,如果他经常有这种群体的感觉,能够有群体的力量约束他,就有可能使他的坏脾气,慢慢改进,慢慢调整。

24. 孩子胆小软弱怎么办?

误区:孩子天生胆小

要点:家长不要认为孩子天生胆小,而放弃对其勇敢精神的培养,也不要认为改变孩子的胆小软弱可以采取很简单的方式一步到位

有些孩子出于先天或者后天的原因,在同伴面前胆小、很软弱,不敢说话,或者说话声音很轻,在课堂上不举手,不愿意回答老师的问题,对同学欺负总是表现出忍让。

对于胆小的孩子,父母应该采取以下方式进行引导:

第一,鼓励孩子多去接触同伴,参与集体活动。孩子为什么胆小？正是因为他性格有些孤僻,让他接触同伴,就有可能在与同伴的交流之中,慢慢地增加自己的胆量,拓宽交往的空间,把自己的心扉打开。

第二,多给孩子锻炼的机会。比如在有一些公开场合,父母可以鼓励胆小的孩子去说话。这可以让孩子慢慢树立能够面对大家说话的胆量和勇气。还有就是放手让孩子出去办事,无论事情办得好坏,回来都肯定、表扬,时间一长,孩子渐渐地就自立起来。

第三,尊重孩子。对于胆小、软弱的孩子,父母不要去打击他,尤其是当孩子说错一句话,做错了一件事,如果家长马上就批评,有可能使得他更加胆小、更不敢说话、更不敢做事。对于胆小的孩子,应该采取的方式是,看到他的每一点进步,就积极地鼓励他,积极地让他去尝试。

第四,循序渐进。家长不要认为改变孩子的胆小软弱,可以采取很简单的方式一步到位,甚至以毒攻毒。这样只会适得其反。对于孩子胆小软弱性格的克服,应该有一个循序渐进的过程,让他从不敢说话到说一点点话,到能大胆地说话。让他从不敢去尝试到大胆地尝试,到勇于尝试,这需要一个过程。只要家长努力地帮助他,给他创造一个可以适合他的环境,孩子胆小和软弱的性格,是会得到调整和改变的。

25. 当孩子有不同意见时怎么办? ·······························

误区:孩子就得听我的

要点:在与孩子产生分歧时,家长要耐心倾听孩子的想法,接受孩子意见中的合理成分,不妨搁置分歧,让双方都思考,最后再商量。

这种情况主要发生在孩子小学高年级和初中、高中时。一般来说,孩子这个时候开始有自己的主张和看法。在与父母进行交流的时候,或者是父母在给他们布置任务的时候,他们往往会提出与父母相左的意见。有些时候,有一些家长会采取高压的方式让孩子接受,告诉孩子"要听我的",说这是为你好,你要理解父母的苦心。在父母的这种压力之下,在父母的苦口婆心之下,有的孩子表面上听从了父母的意见,但他心中实际上有反抗情绪,很不情愿。家长要意识到孩子虽然接受了自己的意见,但是有可能事与愿违。因此,当孩子与自己有不同意见的时候,家长要注意以下几点:

其一,家长要耐心倾听孩子的想法,问他为什么会有这种想法,问他这种意见是出于什么考虑,由此接受孩子意见中的合理成分,然后去修正自己原来的意见,采取一种新的方案。

其二,当孩子的意见与父母的意见分歧严重的时候,父母不妨把分歧搁置下来,暂时不去考虑,然后给孩子时间,让孩子根据与他的谈话来进行新的思考,然后在新的思考之后大家再商量,找出一个可以接受的方案。

其三,当孩子和父母的多次商量还是不能统一意见的时候,如果父母认为孩子的意见是不对的,那么可以坚持自己的意见,让孩子按照自己的意见去做。这种情况,带有一种强迫性质。因此应该观察一段时间的效果,再对自己的意见进行调整。父母对孩子的意见,总是希望产生积极的效果,如果不是,就应该进行调整。千万不要孩子已经对意见很反抗,虽然执行但毫无效果的时候,家长还一意孤行,这样下去,会使得孩子既浪费时间,又对自己充满敌对情绪。

其四,正确认识孩子的反抗期。从心理学角度,孩子在成长过程中,有两个反抗期,反抗期是指,孩子在成长的早期,处于依赖与自由之间的矛盾,以及子女与父母之间的对立冲突的这种状态的续缓阶段。第一反抗期出现在三、四岁的幼儿期;第二反抗期一般为初中阶段,也可因发展的不平衡,提前到小学高年级或延迟到高中初期发生。在第一反抗期中,孩子有独立自主的要求,主要为争取自我主张和活动行为的自主和自由;在第二反抗期中,独立自主的要求则是全面的,是从外部到内部,从表现到人格的独立。家长要知道孩子这种心理需要,与孩子一起度过反抗期。

26. 孩子和自己的话越来越少怎么办?孩子为什么越来越不理我们了? ···

误区:孩子大了

要点:父母应从孩子很小时,就和他说心里话,关心他的成长,这样亲情的纽带才会更坚固孩子越大教育越吃力,这是不少农村家庭父母的感受。当然他们会认为,这可能与自己的能力有限,无法再去引导孩子有关系。但实际上,孩子与父母的话越来越少,是家庭教育的某些功利化所致。之所以有些父母认为自己对孩子的教育能力不够了,就是因为对孩子的教育基本上是知识教育,比如说辅导作业,给孩子讲一些题目,随着孩子的课程难度加深,很多家长就无法辅导和检查孩子的家庭作业了,这时候,可能就觉得自己没办法跟孩子沟通了。

另外,父母与孩子的交流,或者父母给孩子的支持,大多是物质和金钱上的,很少精神世界的沟通。因此在小的时候,孩子可能跟父母还有话说,到了后来就变成孩子只是跟父母要钱,你给了他钱交流就结束了,平时也不跟你交流学校里面的学习情况、生活情况,也不说他跟同学之间的一些故事。因此这种教育就会使孩子与父母之间的话越来越少,也会使得孩子最后越来越不理父母了。

所以,如果要让孩子和父母一直保持着很好的亲情关系,就应该改变这种在家庭教育中只教孩子文化知识,只给孩子创造物质条件的做法,经常与孩子沟通,从小的时候就跟孩子说心里话,关心孩子点滴的成长,这样形成的亲情纽带才会更牢固,孩子就不会随着年龄的增大跟父母亲的话越来越少。

孩子跟父母亲的话越来越少,责任不在孩子身上,而要从父母自己的身上来找原因,是不是足够地关心孩子,是不是走进了孩子的内心,是不是了解孩子的内心,是不是真正懂得孩子在想什么。如果说我们能够知道孩子在想什么,而且能及时地给予他一定的引导,父母会发现,孩子有话就会找你说。

27. 怎样培养孩子的孝心? ···

误区:做父母的应该付出

要点:不仅仅关心孩子的学习,还要关心孩子的成长,要培养孩子对家庭的亲情,不能因为孩子学习,而不去看生病的爷爷奶奶,也不能因为孩子学习,不让孩子去关心邻居

几年前,曾经有一位老农父亲给自己的孩子写了一封信,在信中"控诉"自己的孩子上了大学没有良心,每次给家里面写信、打电话,都只是要钱,对父母一句贴心的问

候都没有。这个老农觉得自己的孩子一点不理解父母的辛苦,把父母当作银行提款机,感到非常寒心。

大学生这样对待自己的父母,也引起大学的关注。在很多大学中,现在都在开展对学生的爱心教育,对学生的感恩情怀的培养。但是,到了孩子 18 岁以后,才来告诉孩子你们要感恩,要孝敬父母,这实际上是家庭教育的失败。

家庭教育最重要的内容包括培养孩子的爱心、孝心。怎样培养孩子的孝心呢?

第一,以身作则,培养孩子的孝心。孩子是从父母那儿感受到孝敬之心的。有这样一个电视公益广告片,镜头中一个母亲给自己的老母亲洗脚,当她洗完脚之后回过头一看,自己的小儿子也端了一盆水让她洗脚,这就是一个传承,父母是最好的老师。你希望自己的孩子今后怎样对你,那你就怎样对待自己的父母、长辈。

第二,家长不要仅仅关心孩子的学习,还要关心孩子的成长。要培养孩子对家庭的亲情,不能因为学习而忽视这种亲情。这方面存在很严重的问题,比如,孩子的爷爷奶奶生病住进了医院,父母因为孩子学习很忙,不把爷爷奶奶生病的消息告诉孩子,不让孩子去看生病的爷爷奶奶,这就是非常严重的教育错位,只关心孩子的知识,而不去关心孩子的亲情培养,连自己爷爷奶奶生病了也不让孩子去看。其实看望爷爷奶奶就是对孩子非常重要的感恩情怀培育,孩子对自己的爷爷奶奶都很冷漠,他学再多的知识也是没用的。

还有,当邻居有困难时,孩子主动去帮忙,有的家长会斥责孩子说,你的作业没做完,你怎么去帮他们忙,你帮他们搬东西干什么,你去扶老奶奶干什么。在这样的呵斥之中,孩子就知道不要对周围人关心,对周围人关心是得不到父母的赞扬的,久而久之,孩子就会变得冷漠,而这种冷漠,最后也会表现在对父母身上。

第三,适当让孩子参与家庭建设,懂得持家的不易。一些父母一心给孩子创造良好的家庭环境,自己节衣缩食也不让孩子挨饿受冻。曾经有一位母亲,每次给孩子做鱼,她都只吃鱼头,而给孩子吃鱼身。一次家里来了客人,孩子在餐桌上主动给妈妈夹了一个鱼头,然后说,"我知道妈妈最喜欢吃鱼头了",客人面面相觑,妈妈背着人流下了眼泪,觉得自己的教育是失败的,孩子居然会认为她喜欢吃鱼头,而不知道父母是因为照顾孩子的营养把鱼身让给他吃而自己吃鱼头。只有让孩子懂得了父母的不易,懂得了父母赚钱的艰辛,孩子才会慢慢生出对家庭的情感。不然,他们会认为这一切是理所应当的。

28. 孩子抱怨家境不好怎么办？

误区：自惭形秽

要点：要告诉孩子，一个人不要去比先天，要看后天的奋斗，虽然社会有一些不公平，但命运的主动权还是把握在我们自己手中。不要一味抱怨，而要努力奋斗

有的孩子在上学回家之后，会向父母抱怨，说同学的父母开着好车子来接同学，同学的家里，有很大的房子，言语之中流露出觉得自己的命运不好，生在贫困的家里。

面对孩子的抱怨，有的家长会觉得确实自己无权无势，没给自己的孩子创造良好的环境，会自惭形秽。家长的这种态度，一方面会加重孩子对家境不健康的认识，他会用父母的权势地位，来评价父母是否能干，确立父母在心目中的地位；另一方面，这也不利于孩子自强自立精神的培养。有一些孩子会因此抱怨社会的不公平，并认为是社会的不公平阻止了自己的成长，由此产生不良的情绪。

在孩子抱怨家境时，家长要告诉孩子两点：

第一，一个人不要和别人比先天的出身、家境，要看后天的奋斗。一个人的家庭出身，是没有办法选择的，也是自己无法改变的，而后天的努力才是最重要的。实际上，在国外，有一些富翁就不把遗产留给孩子，而尽量给孩子创造一个公平竞争的环境，不让他们养尊处优。而且整个社会也有一种基本的价值观念，就是一个人不要去比父母的财产，比自己的相貌，这些都是跟自己的努力无关的。而对于后天的奋斗，大家是欣赏的，只要你去努力，你就有机会获得成功，大家会为这种成功而喝彩。一个人老是去炫耀自己的家产，去表露自己有多么美貌，往往会被别人耻笑，因为这是先天的，不值得骄傲。

第二，要告诉孩子不要一味抱怨，要努力奋斗。也就是说，命运是掌握在我们手中的，当我们只抱怨而不去努力的时候，机会会从我们身边溜走。我们应该用积极的心态，用努力奋斗去改变当前的处境，只有努力奋斗，才有可能获得更好的回报，抱怨是无济于事的。

29. 孩子好嫉妒怎么办? ·····················

误区:孩子争强好胜很正常

要点:嫉妒不是正常的羡慕,是对自己无法获得的无奈,同时也想破坏他人的幸福

"今天,我们班有一个同学的爸爸,开了一辆宝马来接他!"

"我们有个同学的妈妈是空姐,真漂亮!"

"我们到同学家去玩了,他的家好大啊!"

孩子回到家中,谈起同学家的事,不时会流露出一种羡慕情绪。孩子对美好的事物,表达羡慕是很正常的,可是,如果这种情绪进一步转变,变为:

"你看爸爸总是用自行车来接我,还那么破!"

"妈妈穿的衣服太土了,我的同学看着就笑话!下次不要在门口等我了!"

"我们家怎么这么穷啊!都不好意思让同学来。"

这就把羡慕变为了嫉妒。嫉妒是对自己无法获得某一种美好东西的无奈,同时也想着要破坏他人的幸福。往往别人天生的身材容貌和后天逐渐显现出来的聪明、才智、气质可以成为一个人嫉妒的对象。另外,某个人获得的荣誉、地位、成就、财产、威望也可能会成为嫉妒者的嫉妒对象。

农家孩子在求学期间,可能会对同班的某个同学家庭的财产、某个同学的容貌、某个同学所获得的各种各样的荣誉,产生嫉妒情绪,嫉妒心强的孩子,会焦虑——纠缠在"他为什么可以这样,为什么我却是这样"的无奈情绪中;会消沉——对自己所处的环境、身体条件,失去信心;会恐惧——觉得自己这样的人,会被周围的人看不起;会憎恶——憎恶别人比自己优秀、条件好;会报复——采取措施,破坏别人的幸福。总之,在嫉妒者心中,充满着各种在旁人看来损人不利己的想法。

父母发现孩子有嫉妒心强的问题时,千万不要认为孩子争强好胜是正常的,而应该引导孩子正常看待别人比自己优秀、比自己富裕这一切。对于别人的身材容貌,要告诉孩子,这是先天遗传,你没有必要去比较;对于别人的地位、成就、财产,要告诉孩子,他们也是通过努力获取的,不是不劳而获,你羡慕他们,也要通过合法的手段、自己的努力去获得。再就是,每个人都有自己的个性、特长,不要拿自己的弱点去跟别人的

优点相比,要知道自己的优点在什么地方,要看到自己所长。

要引导孩子把嫉妒转化为追求进步的动力。嫉妒情绪里有合理的成分,就是争强好胜。争强好胜是能够促使一个学生进步的,比如说考出更好的成绩,获得某次竞赛的成功,如果这种争强好胜转化成想办法不让自己所嫉妒的人参加考试、竞赛,就是以破坏他人的幸福来达到自己的目的。因此,家长要引导孩子把这种嫉妒转化为追求进步的动力,告诉自己,通过努力终究也会获得属于自己的成功,而且,对于别人获得的成功,也要有一种欣赏的姿态。要让孩子意识到,破坏别人的幸福,最终是损人不利己的,即便自己一时达到自己想要的目标,今后某一天,会被追究破坏他人幸福的责任不说,自己也会受到良心的谴责。

30. 孩子十分自私怎么办?

误区:人不为己,天诛地灭

要点:应该从小让孩子有一种集体观念,不要自私自利,要懂得互帮互助,要懂得融入群体,有团队意识

现在很多家庭都只有一个孩子,由于父母都围着孩子转,孩子过分地享受着父母的关爱,也没有与兄弟姐妹分享的经历,久而久之,有些孩子就养成了一种自私的习惯。具体表现为:只关心自己,不关心家人,图个人享受,不关心家庭情况,不管家庭现在是否存在经济困难,总是要满足自己的需要。

在家庭教育中,父母对孩子的自私行为要及时进行纠正。首先,要认识到孩子这种自私的行为习惯是不好的。有的家长认为,人不为己,天诛地灭,不认为孩子的自私是缺点,父母的这种想法会助长孩子更加自私。

其次,当父母发现孩子只关心自己,不关心别人,不关心家人,不愿意与别人分享自己东西的时候,家长应该告诉孩子,每个人都是生活在集体之中,每个人只有关心别人,才能获得别人对你的关心。一个人的力量是有限的,只有当自己善于容纳到群体之中,你才容易成功,在未来的求职中,那些自私自利,心中没有集体的人,往往很难得到用人单位的青睐。而且,学生的集体精神、团队意识,已经成为人才评价的一个非常重要的指标。用人单位会用一系列不明显的方法,来考察一个学生是否有团队合作精

神,比如,举行招聘面试时,突然,楼下有东西送到,应聘的学生,不愿意离开排队的队伍,去帮忙搬东西,在用人单位眼中,这个学生的表现,就缺乏集体精神。

让孩子从小有一种集体观念,不要自私自利,要懂得互帮互助,学会谦让,有团队意识,成为这个集体里受欢迎的一员,只有这样,事业才可能得到长足的发展,那种只强调个人利益,不注重集体利益的人,最终会被集体抛弃,而个人利益无法获得、个人目标也无法实现。

31. 孩子没有责任心怎么办？ ·······················

误区:孩子只管读书就好了

要点:对责任心不强的孩子,要鼓励他们独立完成一件事,并给予奖励,让他们成为一个有责任心的人

有的孩子放学回家之后,什么事情也不做,父母在地里劳动,他不会去帮忙,就是交给他做事,他也是干一下就跑出去玩了,这些都是孩子没有责任心的表现。培养孩子的责任心,家长应该从以下几方面做起:

第一,让孩子自己的事情自己做。包括整理书包、检查作业、洗自己的衣服。家长如果包办代替,给孩子整理好书包,给孩子检查作业,把孩子所有的衣服袜子都洗掉,孩子慢慢就会缺乏责任心。有的学校会布置家长检查孩子的作业,从积极角度看,这发挥了家长对孩子的监督作用,但是另外一方面,却助长了孩子的不负责任,因为反正有父母检查的,所以说自己不用去认真检查。因此,家长应该在签字时,让孩子自己检查作业,如果你在检查孩子的作业时,发现孩子的作业有错,不要直接告诉他,而是要求孩子自己检查,检查出来之后你再签字,这样的话,孩子对作业的责任心就会增强。

第二,布置孩子做一定的家务。有一些家长认为孩子只管读好书就可以了,家务由父母来做,父母要给孩子创造一个无忧无虑的环境,这是不对的。只有参加家庭的建设,孩子才可能逐渐培养起对家庭的责任心,家长布置孩子做一定的家务,还要检查家务的质量,不能让孩子偷工减料。对不认真的行为,要及时批评、纠正。

第三,对于责任心不强的孩子,家长应该引导他独立地完成一件事。有一些孩子,很少独立完成一件事,因此他的责任心无法体现,而在独立完成一件事情中,他会明

白,无法把责任推给别人,这样,可以提高他的责任感,而当事情顺利完成了,也可以提高他的自信心。

32. 孩子拿了别人的东西怎么办？ ································

误区:孩子不懂事,不要紧

要点:勿以善小而不为,勿以恶小而为之,要注意孩子小时候的行为规范教育

家长在检查孩子书包的时候,发现多了一些本来不属于他的东西,一问,得知孩子是拿了别人的东西。对此,有三种不同态度的家长:有的家长认为孩子不懂事,不要紧,然后告诉他下次不要再犯;有的家长会对孩子进行打骂,认为他是偷别人的东西,要求孩子一定要将东西送回去,向同学道歉;还有的家长会认为自己的孩子很聪明,懂得占别人的便宜,把别人的东西拿回家,并告诉孩子不要被发现了。

以上三种不同的态度,反映出不同的家庭教育观念。认为孩子不懂事、不要紧的教育过于轻描淡写;对孩子进行打骂的教育过于严厉;而认为是好孩子,懂得占别人便宜的教育则是包庇和纵容。

当孩子拿了别人东西,家长应该采取以下方式:首先,与孩子沟通,问他为什么要拿别人的东西,是别人送给他的？还是趁别人不注意的时候偷偷拿的？为什么要拿它？

其次,针对孩子的回答采取不同的方式。如果孩子说是别人送的,那要确认,是不是孩子在撒谎,可以进一步问,别人为什么要送;如果是孩子趁别人不注意,出于嫉妒,拿了别人的东西,应该进行严厉的教育,给孩子讲清其中的危害,告诉他"小时偷针,大时偷金",不能顺手牵羊,侵占别人的财物。3岁看8岁,8岁看老,如果小时候就这样拿别人的东西,长大之后就有可能偷窃,甚至抢劫。父母不要出于维护"家丑"的心情去包庇孩子的行为,应该带着孩子去跟人家道歉,但也不要太过张扬,而应该到对方孩子家中,在道歉的同时,也希望对方孩子保守秘密,不要把孩子的行为暴露在其他同学面前。无论是学校老师还是家长,让孩子公开道歉的做法都是不利于孩子自尊心的维护,也不利于问题的解决的。当孩子知道自己犯了错,家长很痛心,但同时很照顾他的

"面子"和自尊,孩子会从中得到教育的。

33. 孩子撒谎怎么办?

误区:撒谎要严肃地惩治

要点:撒谎是坏习惯,要制止孩子撒谎,但要对孩子认错的诚实行为进行表扬而不是惩戒,比如孩子打坏了东西,浪费粮食,丢了钱,只要承认错误,家长不要根据错误惩罚他,否则就可能让孩子越来越不诚实,而且孩子撒谎,大多因为恐惧说出事实的严重结果,要告诉孩子,做错事就要勇于承担,不承担而想掩盖错误,后果更为严重

孩子撒谎是不好的习惯,对于这种坏习惯,家长当然要及时制止。但是,教育、引导孩子做一个诚实的孩子,不撒谎,要有一个基本的原则,即对孩子的诚实行为要进行表扬,而不能当孩子承认错误之后进行严厉惩罚。

对孩子承认错误进行严厉惩罚,只能让孩子对诚实抱有戒心。比如,孩子不小心摔坏了东西,他主动向父母承认了错误,父母不表扬他这种正确的承认错误的态度,反过来狠狠地打他,那么下一次,如果孩子再不小心犯了错误,就不愿意主动告诉家长,甚至会歪曲事实,这就是孩子撒谎的原因,担心错误的事实被父母知道之后,会得到严厉的惩戒,因此他们不敢说。

纠正孩子的撒谎行为,应该理解孩子的心情,给孩子这样的教育:做错事是不对的,做错事隐瞒自己的错误则更不对。对做错事的孩子,要惩罚;对于做错事主动承认错误的孩子,要减轻惩罚甚至免于惩罚;对于做错事不承认错误、撒谎的孩子要加倍惩罚。家长千万不能以一种错误的方式,来逼孩子继续撒谎。

34. 孩子的压岁钱是否要交家长?

误区:孩子身上不能有"闲钱"

要点:通过理财教育,让孩子知道挣钱的不易,知道节约用钱

每年春节,孩子都会收到一定的压岁钱,在农村家庭,普遍的做法是让孩子把压岁钱给爸爸妈妈,当然这种做法未尝不可。而实际上,引导孩子正确保管、使用压岁钱,是对孩子进行理财教育的重要机会。

第一,可以通过压岁钱对孩子进行理财教育,让孩子知道钱的用途,知道金钱的价值,即便是把压岁钱交给爸爸妈妈,也是为他保管,或者是用来支付他的学习书本费用;第二,要通过让孩子把压岁钱存进银行,自己保管,教给孩子一定的金融知识,有一定的金钱意识;第三,让孩子自己使用压岁钱去购买文具,给同学买礼品,通过这种消费行为,让孩子树立节约的意识;第四,可以让孩子参加一定的勤工助学活动,丰富压岁钱的基金,然后利用这笔钱去做自己想做的事,包括献爱心,包括参加同学的一些聚会等等。父母在孩子参加勤工助学的时候,应该告诉孩子打工实习要懂得抗拒诱惑,要堂堂正正做人。

因此,通过压岁钱,家长可以引导孩子树立正确的金钱意识和消费观念,让孩子知道什么是金钱,金钱有什么价值,让孩子参与储蓄,知道什么是储蓄,让孩子适当地使用自己的金钱,懂得挣钱的不易,懂得节约开支,让孩子利用课余时间适当地去打工挣钱,获得一定的经济收入。

有一些来自农村的学生,进入大学之后,虽然家庭条件很一般,但却没有健康的消费观念,用钱时大手大脚,一个馒头啃一口就扔掉的事,也经常可见,这就是由于家庭的教育引导不够。

家长应该让孩子知道赚钱是不容易的,要节约每一分钱,要用好每一分钱,要有健康的消费观念。而且,当孩子长大成人之后,应该告诉他,自己上学的费用,自己上学的开支,应该自己去挣,而不能一味依靠父母。中国家庭之中,几乎所有孩子上大学,读硕士、读博士,都是靠父母供给学费、生活费,这是不合理的。在国外,很多学生 18 岁上大学,不要家庭支付学费,而是自己打工挣学费,主要源于他们有非常强烈的自强自立的意识,也有很强的理财观念。这种自强自立的意识和节约用钱的理财观念,不但可以减轻家庭的经济负担,更可以让孩子珍惜求学机会,注重求学对自己的能力的培养,而不是拿着父母的钱,在学校里虚度光阴,荒废时间。

35. 要让孩子做农活和家务吗?

误区:孩子学习第一

要点:从生活教育角度看,农村生活对孩子也是一种教育,这可以增强孩子对农村生活的认识,也掌握农村劳动技能,否则就会四体不勤,五谷不分,与农村的感情十分淡漠

在当前的教育制度下,评价一个学生是否优秀,依据的是这个学生在学校里的考试成绩,但这只是一种教育,即知识教育。从一个学生的全面发展角度看,还应该有生活教育,对农村学生来说,就是农村生活技能的教育。

生活在农村的学生,要热爱农村,要懂得农村生活的技能。如果一个生活在农村的学生,都不热爱农村,都没有任何在农村生活的技能,那么,这样的学生,会面临一个非常严重的问题,就是在他们读完书之后,可能对农村没有感情,不愿意在农村生活。事实也是如此。今天离开农村的学生,有的进入大学学习,离开农村去工作,还有一些人虽然没有进入大学,但是却以农民工的身份去城市打工,留在农村、参加农村建设的学生已经不多了。

因此,从爱农村、改造农村、发展农村出发,教育要进行改革,除了学校教育要对孩子进行书本知识之外的农村生活技能教育之外,家庭教育也应该让孩子在读书之余,深入农村生活,从事农村劳动。只有在深入农村的生活,从事农村的劳动过程之中,孩子才可能积累对农村的情感,也才能真正掌握农村的劳动技能,否则孩子就会四体不勤,五谷不分,与农村的感情十分淡漠。

36. 孩子没有自信,十分自卑怎么办? ·······························

误区:我们的家庭就这样

要点:父母应该引导孩子正确认识贫困,把贫困的经历作为一种人生财富来看待,孩子因为家庭贫困而过分自卑不利于健康成长

来自农村的孩子,尤其是农村贫困家庭的孩子,对自己往往缺乏自信。随着年龄增长,他们进入初中、高中、大学,如果没有正确的引导,这种情况更为严重。

农村孩子的不自信、自卑,一方面受家庭经济环境影响,一方面受农村教育环境影响,觉得自己的穿着打扮、谈吐、气质,与城市的孩子有很大的距离。有一些自卑的孩

子,会埋怨自己的家庭,没有给自己创造一个良好的环境,同时会嫉妒周围的同学,有富裕的爸爸,能够吃好的、穿好的,请客也很大方,交朋友有优势。这种情绪长期积聚,得不到排解,就容易走极端。

父母应该引导孩子正确认识贫困,不要以贫困为耻,而要把贫困的经历当成是人生中的宝贵财富。如果孩子因为家庭贫困,而对社会充满仇恨情绪,并不利于他健康成长。当他走进社会后,也会由于这种对社会的仇恨,对公平问题的不理解而采取极端的人生态度。我们一直在追求社会公平,但是要追求完美的社会公平是不可能的。从每个家庭来讲,每个人的家庭经济条件就是不一样,这是无法改变的。因此我们希望社会能为大家提供公平的环境,让每个人机会均等。而当社会的公平环境不理想时,一方面要呼吁公平制度的构建,另一方面则需要农村的孩子,从自身的努力出发,来克服自卑,通过自己的不断成长,来建立自信。

37. 怎样奖励孩子? ···

误区:物质奖励

要点:对孩子的奖励,可以采取多种方式,包括口头表扬、带孩子参加孩子喜爱的活动、满足孩子的一个心愿等等

奖励和惩罚,是对孩子进行教育的两方面手段。奖励是对孩子行为的积极肯定,而惩罚是对孩子错误行为的警告。适当的奖励,可以让孩子正确的行为、积极向上的心态得到鼓励,进而加以保持和发扬。但大多数父母对孩子的奖励,主要集中在物质方面,这是不可取的。

对孩子奖励的方式很多,包括:

可以用语言赞同孩子的行为。比如,"你真棒!""你取得这个成绩是我们的骄傲!""你看,只要你努力你就可以获得这样的成绩。""要再接再厉,更上一层楼"

可以用拥抱、抚摸、拍打孩子的身体行为作为奖励。当孩子成功地完成一件事之后,渴望得到父母的肯定和祝贺,父母拥抱他、拍打他,就是一种肯定和祝贺的方式。

可以用孩子喜欢的活动,比如说给他讲故事,跟他一起玩游戏等等奖励他。父母平时一直没空跟他玩,当他有良好的表现,取得进步后,父母可以将此作为奖励。当

然,最好的方式是,父母一直多与孩子一起活动。在城市打工的父母,可以将接孩子到城市去生活一段时间也作为一种"奖励",告诉孩子只要他好好学习,假期就到爸爸妈妈工作的地方来玩。事实上,就是孩子没有达到家长制订的学习目标和要求,家长也应该把孩子接到一起,"奖励"是一种顺水推舟的事。

可以满足孩子的一个心愿,当然这个心愿不是很离谱的,不是不顾家庭条件的。孩子一直想买一本书、一个玩具、一双鞋、一件衣服,想去某个地方旅游,等等,家长可以在他努力获得好成绩之后,满足他的这一心愿。

还可以用"信任"作为对孩子的奖励。比如,家长一直对孩子单独做一件事情不放心,比如在家里上电脑,去外婆家,做饭炒菜,不放心。这种"不放心"让孩子觉得是小看他、不放心他,当他完成某一件事情之后,父母要告诉他,你长大了,你可以单独去做你一直想做的事,给予孩子自主的权利和空间,给予孩子信任。在成长过程中,孩子总不希望父母一直把自己当作小孩,而希望自己能独立自主,当家长积极肯定他的成长时,孩子将以更负责任的态度,对待父母给予的信任。

38. 还要教育孩子做好人好事吗? ·······························

误区:好人没好报

要点:要让孩子知道做好人好事是值得鼓励的,而且也会得到别人的肯定的,误解只是少数,不理解也只是少数

做好人好事反而好心没有好报,这样的事,在我们生活的社会不时发生。在一个城市,有一个青年去扶起一位下车不小心跌倒的老太,可老太的家人认为是这个青年把老太推倒受伤,由此引发了一场官司。而这种官司,也就让很多人对做好事有了戒心。

农村孩子坐车时给别人让座,在路上搀扶老人,帮助他人推东西,有时就会被误解,甚至会被嘲笑,有人说你衣服比较破,让出座位,城里人也不愿意坐,嫌你不干净;还有你搀扶老人,有人会认为你是不是图谋不轨。因此在做好人好事的时候,农村的孩子,总有顾虑,担心自己好事没做成,反而被不理解,被嘲笑。

好人没好报,这需要我们反思造成大家彼此冷漠、失去信任的原因。对于做好事,

从每个个人来说,应该有助人为乐之心。因此,家长应该鼓励孩子去做好人好事,而不要给孩子灌输"做好事没有好报",要让孩子知道,做好人好事是值得鼓励的,而且也会得到别人的肯定的,误解只是少数,不理解也只是少数。而且,我们恰恰是要通过这种持续不断的努力,让别人改变误解和不理解。有一些城市人对农村的孩子充满偏见,这有城市人自以为是的原因,也有农村家庭、农村孩子自身的原因,我们要从自己的原因着手,努力改变自己的形象,积极树立农村孩子的新形象。

39. 怎样提高孩子的交往能力? ···

　　误区:孩子,你要努力打败他们,见识你的厉害

　　要点:用自己的乐观感染他们,不要把排斥放在心里,不要因为排斥,就看低自己

　　孩子被排斥的情况,往往发生在城市学校里借读的农村孩子身上。有一些在城市公办学校或者民办学校读书的农村孩子,会被城市孩子嘲笑,说他们是"乡下人",不与他们一起玩,孩子被孤立。

　　这个时候,孩子会回家对爸爸妈妈说,我不想读书了,他们都不和我玩,他们都瞧不起我,他们都说我是乡下人。实际上,这种情况不仅仅发生在小学、初中,还发生在高中和大学。在一些大学里,也有一些城市里的富家子弟,甚至明确向学校提出,寝室里不能安排农村学生,觉得农村学生的生活习惯、言谈举止与城市的学生有很大的差距,很难生活在一起。

　　农村家长遇到这种情况应该怎么办?在城市小学、中学求学的学生家长,应该找到老师,与老师沟通情况,一方面要请老师利用适当的时机,给孩子展现的机会,表扬孩子,这在一定程度可改变一些城市孩子对农村孩子的既有印象,知道农村孩子还是有自己的优点的。另一方面,是请老师不动声色地引导和培养孩子们的团队观念,仅就对农村孩子排斥的问题去找城市孩子谈心,要求他们接受农村孩子,这只会让他们更觉得自己高人一等,但是通过开展一些增强团队合作意识的活动,城市孩子会很自然地接受。

　　除了跟老师沟通之外,家长还要注意以下几点:

第一,告诉孩子不要被排斥所打击,应该用自己的乐观来感染排斥他的人,不要把排斥放在心里,不要因为排斥而看低自己,更不要刻意去讨好他们,这样更会被排斥。

第二,要告诉孩子你是有纯朴善良优点的,只是没有被他们发现,优点被别人认同也要有一个过程,你只要坚持自己的优点,总有一天他们会接受你。

第三,自己的孩子可能也有缺点,可能有一些从农村带来的不良习惯,比如不太讲卫生等习惯,应该多向同学学习,尽量改正。当然这不是跟他们进行攀比,要成为像他们那样的人,而是针对自身的缺点加以改正。父母千万不要对孩子说,谁叫我们生活在农村呢,然后告诉他,你要发奋,你要争取在学习上超过他们,战胜他们。这样的后果是,孩子会带着一种非常强烈的不公平感和不满的情绪,为了成为"人上人"而去学习,这种学习观念是扭曲的。一旦他们无法达到这样的目标,这些孩子就可能对自己的人生失望。

因此,在孩子融入城市学习环境的过程中,家长要作耐心的引导,要与老师进行沟通,要对孩子的情绪进行分析,要对孩子的不良情绪进行排解,只有这样,才可以让孩子有一个健康的学习生活环境。

40. 孩子被欺负怎么办?

误区:私下解决、忍气吞声

要点:不能对被欺负采取躲的态度,要认真查找被欺负的原因,寻求对策

由于种种原因,在一些农村中小学的周围,往往有一些缺乏管教的"恶少",这些"恶少"抢孩子的东西、打架斗殴。面对这些"恶少",一些家长总是采取躲的态度,告诉孩子不要去惹他们,要躲着他们走。这样做是有一定道理的,但更重要的是,家长应该给孩子如下的教育和引导:

第一,教育孩子要有安全防范意识,不要在"恶少"出现的地方单独行走,而要结伴而行。往往孩子被欺负,就是因为单独行走,被"恶少"认为好欺负。

第二,放学后,不要接受同学或者其他人的邀请,单独去他人家里,因为这有很多不安全的因素。

第三,外出打工的父母回家之后,不要给孩子太贵重的礼物,不要让孩子带着这些贵重的礼物去上学,因为这可能会引来不法分子的不法行为。同时要教育孩子,不要在学校里炫耀自己的财物,越是炫耀,越可能遭到别人的嫉妒。

第四,当遇到"恶少"欺负时,不要表现得太软弱,因为越是软弱越是要被欺负,而应该采取合理的方式进行反击。要注意,要机智处理,不能硬拼。

第五,被欺负之后不要忍气吞声,应该及时告诉家长,然后在家长的陪伴下及时报警,还要记住"恶少"的样子,以便警方及时处理。对于"恶少"的欺负忍气吞声,只能助长他们的嚣张气焰。

家长在教育孩子防范欺负的时候,不要反过来教唆孩子去欺负别人。有的家长在孩子被欺负后,会怂恿孩子说,你为什么这么软弱,你难道不会去欺负别人?这种做法会酿成严重的后果。一些孩子就是在父母的这种怂恿下,成为问题少年了。

41. 怎样缓解孩子和同伴的矛盾? ....

误区:小事变大

要点:农村同伴间的矛盾是正常的,但一些农村家庭,护犊心切,一听孩子的告状,就火冒三丈,要找对方兴师问罪,把本来简单的矛盾扩大化,影响同伴的友谊,也让孩子的学习受到影响

农村同伴间的矛盾是正常的,孩子在游戏之中总会有一些冲突。但对于这种冲突与矛盾,一些农村家庭出于护犊心切,却把简单的问题扩大化,影响小伙伴间的友谊,也让孩子的学习受到影响。因此,当孩子和同伴之间发生矛盾时,家长应该注意以下几方面:

第一,在听到告状后先要冷静分析,分析发生矛盾的原因是什么,自己的孩子有什么责任,对方孩子有什么责任。不能一听孩子与同伴发生矛盾,就火冒三丈要去找对方孩子兴师问罪。

第二,要以"孩子自己的事情自己解决"这样的方式来处理同伴间的矛盾。解铃还需系铃人,孩子自己解决自己的矛盾,效果往往更佳。而且,孩子在解决矛盾中,也会学会妥协商量,获得新的知识,获得成长,同时更能增进友谊。

第三,当孩子自己不能解决矛盾,甚至孩子出于一时之气,要跟对方"绝交",本来结伴去上学的孩子,从此各走各路时,家长应该主动出面帮助孩子缓解矛盾,让孩子们重归于好,在学习上互相帮助。

处理孩子与同伴之间的矛盾,就是在引导孩子融入群体,学会处理群体关系。在未来的人生之中,孩子也会和同事发生矛盾,也要妥善处理、化解矛盾。在一个集体中,同事间有矛盾,必然影响团队合作、工作效率,大家应该心平气和地化解矛盾,应该用对共同利益的维护来化解矛盾。当然,化解矛盾也不是没有原则,要问清楚谁的责任、谁的错误,这样才有助于避免同样的矛盾再发生。

42. 当孩子遭遇挫折时怎么办? ·····························

误区:讽刺挖苦

要点:面对挫折,有的孩子一蹶不振,在这个时候,家长要善于鼓励孩子振作精神,扬起生活的风帆

人生中难免有挫折。对于孩子来讲,考试不及格,评选优秀落败,竞赛没有获得奖励,升学不成功,都可以被他们视为是人生中的挫折。面对挫折,有的孩子甚至一蹶不振,在这种情况下,家长要善于鼓励孩子扬起生活的风帆。

首先,不要挖苦讽刺,有的父母对于孩子的挫折,第一感觉是"怒其不争",因为他们对孩子寄予厚望,但孩子却并没有按照父母指导的方式去做,当孩子遇到挫折,就会说,你当初不听我们的,才导致你今天走到这样一个地步。这样的讽刺挖苦,很难让孩子意识到,下次我一定要听父母的,而会让他觉得,这是父母在看他的笑话,他的挫折没有得到父母的理解。

其次,家长要和孩子一起分析原因,让他认识到为什么会有这种挫折。分析挫折的原因,是为了让孩子正确看待挫折,同时避免下次出现同样的问题。孩子遇到的挫折,有的是小挫折,包括没有考到好的分数,没有评选上三好学生,被老师批评,这些挫折,孩子一般会很快放下。而有一些比较大的挫折,比如留级,被处分,升学失败,在大学里被退学等等,这些牵涉到人生发展的大事,可能给孩子的打击是非常沉重的,父母应该正视孩子的挫折,给他鼓励,给他支持,帮助他战胜人生的重大挫折,能够再次站

起来。如果这个时候没有家庭的帮助，孩子有可能就此陷入苦闷，人生陷入迷茫。

再次，家长要认识到，挫折教育是对孩子非常重要的一种教育，不要让孩子生活在一帆风顺、无忧无虑的环境之中，要让孩子经受一些挫折，接受一些考验。如果一个孩子，过于一帆风顺，没有任何挫折，这样的孩子，在遭遇挫折之后会灰心丧气，一蹶不振，甚至会走极端。用人单位的调查也发现这样的问题，有很多孩子在一帆风顺的时候做事情很积极，但是当他们工作上遇到困难，遇到挫折，就会放弃，失去了进一步努力的动力。因此，父母要感谢挫折给孩子的教育，而与此同时，也应该让孩子去尝试各种各样的事情，让他接受更多的人生历练。家长不要去帮助孩子打理一切，去帮助孩子摆平很多问题。要让孩子自己去面对生活中的一些困难，他们也就会从战胜困难所面对的一次次挫折中得到教育。

43. 孩子为什么离家出走？

误区：让他们出去，反正会回来的

要点：父母千万不要轻易说出滚，在教育子女时要压住火爆脾气，尽量心平气和

在家庭教育中，由于父母对孩子的错误不能容忍，或者孩子与父母之间发生激烈的冲突，经常有一些父母，会在盛怒之下对孩子说"滚出去，你给我滚远一点！"。这种情况，在农村家庭里也不鲜见。

在家长的责骂声中，一些年幼无知的孩子，有可能真的离家出走。而这一走，生活饥寒交迫不说，有的孩子极有可能被坏人引诱，走向犯罪道路，还有的孩子会遭到坏人的侵犯。

孩子离家出走的情况是多种多样的。父母在教育孩子时脾气火爆是一方面的原因。除此之外，还有一些其他原因，有的家庭矛盾严重，父母之间经常吵架，孩子回家感受不到任何温暖；有的父母对孩子的要求过于严厉，要求他某次考试一定要考出多少分数，某次考试一定要达到怎样的名次，参加评选一定要获得什么样的奖励，但是孩子在考试和评选中，并没有取得父母要求的成绩，因此他们不敢回家；还有一些单亲家庭，父母心情郁闷，不开心，把孩子的教育放置一旁，孤独的孩子在社会上结交了不好

的朋友,被坏人所引诱。

其中的共同点是,家庭教育方式不当,过于简单,过于粗暴;父母对孩子的成长不关心,孩子在家里感受不到温暖。因此,如果要让自己的孩子不离家出走,父母应该真正关心孩子,采取合理的方式教育孩子、引导孩子。

44. 如何防止女孩在青春期中受到伤害? ……………………………

误区:丢人现眼

要点:当青春期的孩子受到伤害时,父母应该给予她们更多的关爱,不能抛弃她们,而整个社会也应该给她们更多的宽容,要给她们心灵的抚慰,让她们获得生活的力量。

近年来,女孩在青春期受到伤害的现象不时发生。一些农村家庭父母,对此的第一反应是丢人现眼,"没办法做人"了。这种态度是对孩子的进一步伤害,青春期的孩子由于别人的过错受到了伤害,如果父母不去呵护她,不去关心她,而周围的社会也用一种歧视的眼光去对待她,孩子很难摆脱受伤害的阴影。

第一,家长不要责骂孩子,即便是孩子由于自己不懂事而受到了伤害。第二,家长要告诉孩子,你永远是我们的孩子,不管发生什么,你都是我们的孩子,这会给孩子一种安全感,让孩子觉得自己的父母是可靠的,是可以依赖的,是不会抛弃、嫌弃自己的。第三,要用法律武器捍卫孩子的权益,不要让犯罪分子逍遥法外。有的家长由于孩子受到伤害,觉得抬不起头,不愿意去检举揭发,不愿意配合调查,最后让犯罪分子逍遥法外,客观上纵容了犯罪分子,会让更多的孩子有可能受到同样的伤害。因此,当青春期的孩子受到伤害时,父母应该给予她们更多的关爱,而不能抛弃她们,而整个社会也应该给她们更多的宽容,要给她们心灵的抚慰,让她们获得生活的力量。

与此同时,针对不断发生的青春期孩子受到伤害的事件,家长应该培养青春期孩子自我保护的意识,提高他们自我保护的能力,这是非常重要的。家长应该向女孩子传授一些避免受到侵害和反抗侵害的技巧。避免受侵害的技巧包括:(1)不单独走夜路或僻静的路。(2)尽量不与异性单独在室内,如果在室内则必须不拉窗帘不关窗户。(3)要自尊自重洁身自好,不穿性感衣服,行为检点。有些孩子,尤其是现在90后的孩子衣着很暴露,往往会引起一些不法分子的注意。(4)交友慎重,与异性保持正常关系,不轻信他人的甜言蜜语。现在网络发达,很多学生都会上网,利用网络聊天、交友,在泥沙俱下的网络世界里,有些孩子会很轻易地与网友见面,这是非常危险的。要引导孩子正常交友,正常认识虚拟的网络世界,不被虚拟网络世界里的人所引诱。(5)不贪小便宜,不随便接受异性馈赠的贵重礼品,要让孩子知道贪小便宜者往往吃大亏,有的人为讨好某些小孩给予一些礼品,小孩子有些时候就会被礼品蒙蔽双眼,而最后受到伤害。(6)再苦闷、心里再烦躁,也不能旷课,也不能逃学,更不能离家出走,当然这一点与家长也有关系,家长如果对孩子有耐心的教育,有心平气和的教育,有关爱之心,给孩子营造一个温暖的家庭,那么孩子也不会离家出走。

做到以上几点,孩子受侵害的可能性就会减少。只要孩子有自我保护的意识,那么就可以有效减少被不法分子侵犯的机会。另外一方面,当孩子遇到侵害时,该怎么反抗?(1)要反抗,而且要善于反抗。当歹徒逼近的时候,孩子要神情自若,要态度冷静,要自信,要对对方的挑衅不理睬,要对对方的攻击不萎缩,要使他知道你是一个正派的孩子,从而打消他的邪念。(2)犯罪分子要对你施暴时,应该大声呼救,奋力抵抗。(3)在搏斗中,要对对方的薄弱环节进行攻击,抓眼睛咬耳朵,让他失去进攻的能力。(4)如果身上带着发夹、雨伞等,可以作为武器,正当防卫,只要冷静,小的物品也可以发挥护身的作用,最担忧的是当孩子遇到攻击时,两眼发黑,头脑发蒙,失去防范的意识,不知所措。(5)当遭遇歹徒强暴时,也要有求救的措施,比如大声叫喊,打破窗户。(6)在黑夜僻静地方要寻机逃跑,逃跑的时候要朝有光亮的地方逃跑。(7)要把遭遇的情况告诉亲人和老师,不要独自承担被侵犯的痛苦,报案不仅可以使坏人受到惩处,还可以保护自己,使他下次不敢再犯。

青春期的女孩一定要有自我保护意识与一定的自我保护能力。近年来有一些家长还送孩子去上柔道班、武术培训班,教孩子一些防身的技巧,这是因人而宜的。只要每个家庭充分关注青春期孩子的健康,及时提醒她社会存在各种不良现象,让她有足够的防范意识,就可以有效减少女孩子在青春期中所受到的伤害。

45. 孩子的合法权益受到侵害怎么办? ⋯⋯⋯⋯⋯⋯⋯⋯⋯⋯⋯

误区:要么忍气吞声,要么闹事
要点:要用法律武器捍卫孩子的权益

孩子的合法权益受到侵犯，具体表现在以下几方面：一是学校违规收费。现在中小学义务教育实行全免学杂费，即使在城里借读，也免收借读费，在民办学校求学，也应与公办学校一样免收学杂费。但是，有的学校仍旧会巧立名目收费，在民办学校求学，也享受不到补贴。二是义务教育实行就近免试入学，任何一所学校没有理由拒绝所在学区学生的上学要求。因此学校拒绝招收孩子，尤其是残疾孩子，就侵犯了学生的受教育权。三是孩子在上学期间，由于学校安全管理疏漏及安全设施问题，发生人身伤害。四是孩子的正常升学权利被侵占，在高考、中考之中，一些有权有势的家庭冒用他人的姓名，盗用他人的身份信息让孩子去上大学，这侵占了被冒名学生的上学权利。

当孩子的合法权益受到侵害时，农村家长应该注意几点。第一，不要采取息事宁人，忍气吞声的态度，这会使孩子的合法权益进一步受到侵害，对于学校的违规收费，对于别人对孩子的受教育权利的侵占，对于学校拒绝孩子入学，家长应该有理有据地去争取孩子的权益。第二，不能扰乱秩序，寻衅滋事。这几年来，当孩子遭遇人身伤害事故时，一些家长总会采取过激的方式来处理，包括在学校门口围聚，拉出横幅，堵住老师进出，甚至有的家长把孩子的尸体停在学校，不准火化。这种过激的方式，一方面是由于学校没进行妥善的处理，另一方面也是由于家长不懂得利用法律武器来捍卫孩子合法的权益，因此，建议家长在孩子权益受到侵害之后，可以寻求法律援助，从而把对自身权益的保护，纳入法制轨道。

46. 如何对待孩子的攀比心理？ ……………………………………

误区：孩子是父母的脸面

要点：虚荣、面子观念强，既增加家庭的负担，也给孩子不健康的观念，学会虚荣、讲面子，应培养孩子节俭的好习惯

每到开学，一些父母就有一种忧虑，要给孩子买新书包、新衣服。新学期开学，给孩子新书包、新衣服，代表了一种新鲜的感觉，这未尝不可。但是，书包一定要在开学时候就换吗？孩子新学期上学一定就要穿新衣服吗？

新书包、新衣服，只不过是学生攀比中的一种。有些孩子会时不时告诉自己的父

母,说某某同学又买了什么好的衣服,某某同学穿了什么牌子的鞋子,某某同学家里给他送了一个怎样的礼物。对于孩子存在的这种攀比心理,家长应引起注意:

第一,要分析自己对孩子灌输的观点。有些父母会认为孩子是父母的脸面,总是想让孩子为自己争口气。孩子的攀比心理,也正是看中了这一点,所以逼迫父母给他们买这买那。

第二,父母不要有虚荣观、面子观,如果父母老是在孩子面前讲吃讲穿,和别人家庭比较,和某某人比较,孩子久而久之也会有攀比的心理、虚荣的心态,不会从自己家庭的实际情况出发,形成正常的消费观、价值观。

第三,父母应引导孩子从讲吃讲穿、讲排场、讲物质享受,转变为讲自己的学习进步,讲自己各方面的成长,引导孩子去提高能力和素质,要让孩子认识到父母物质上的给予是其次的,自己的成长才是最重要的,不要把心思花在穿着打扮上,真正有面子的是,你自己在学校里面获得成长,获得发展。

47. 学校要孩子献爱心怎么办？ ……………………………………

误区：打肿脸充胖子或一毛不拔

要点：对于孩子的献爱心行动,家长要以鼓励、引导为主

献爱心是一件好事,但现在献爱心也变成了麻烦事。有些学校会发动孩子献爱心捐款,从慈善角度讲这是无可厚非的。但是从家庭的经济收入角度看,这种做法却不尽合理。一般情况下,孩子遇到学校发动同学献爱心捐款,都比较积极,但是由于他们本身没有钱,所以只好向父母要。因此学生捐款实际上变成了父母捐款。曾经有一个地方发生一件事,就是一个家庭贫困的孩子,偷偷拿着钱去捐款,而且捐得比较多,母亲一气之下失手把孩子打死。这值得引起深思,一方面,我们希望学校改变这种发动学生捐款的方式,让同学自主捐款;另一方面,捐款不要形成攀比,不能以捐款多少来衡量爱心价值。对此,家长也要对孩子进行引导,让孩子有正确的爱心意识。

第一,捐款不在于多,而在于爱心,一分钱也是捐款,只要是根据自己的实力尽了一份心意,不要与别人进行攀比,攀比来的爱心也是不纯洁的。

第二,鼓励孩子用自己的压岁钱来捐款。压岁钱给了孩子,孩子在使用压岁钱的

时候有自主权,他们可以用自己的压岁钱来捐款。

第三,用节约下来的零花钱捐赠。平时父母会给孩子一些零花钱,孩子精打细算节约下来了,可用节约下来的钱献爱心。当然,如果孩子用零花钱捐款,使他们的正常生活受到影响,也是不能提倡的。

第四,孩子可以参加一定的勤工助学,用自己挣来的钱来捐赠。对于国内的小孩来讲,家长通常都不愿意让孩子去赚钱,而在国外,经常有一些八九岁的小孩在街边帮人擦皮鞋,在海滩帮别人抹防晒油,以此来挣零花钱,作为献爱心的经济来源。父母可以允许孩子从事一定的力所能及的劳动,来挣取一点勤工助学费用。用勤工助学费来献爱心,则更有意义。

48. 孩子要给老师同学送礼怎么办?

误区:现在是人情社会

要点:对于给老师送礼,还是要"礼轻情谊重",一张自制贺卡,也可以更加好地表达孩子对老师的心意。同样,对于同学间互相送礼,家长也要引导,不要看礼品的价钱,而要突出同学间的友情

送礼在当下的社会很流行,学校也不例外。学生在教师节会向老师送礼,在同学生日的时候,也会给同学送礼。往往孩子会回来告诉家长,某某同学准备在教师节给老师送什么礼,或者某某同学已经给老师送了什么礼,要求家长也给老师准备一个礼物。

送礼对农村家庭来说,是一件很头疼的事,一方面,有的家庭经济拮据,而送礼需要钱,但同时又担心,不给老师送礼会得罪老师,会让孩子吃亏,毕竟现在是人情社会,所以说,给老师送礼,家长觉得是免不了的。相对来说,对于孩子给同学送礼,很多家长不会过于在意,基本上是由孩子用自己的零花钱或压岁钱,自己去准备。

给老师送礼,却有一种攀比的倾向,有的父母想利用跟老师送礼的机会,希望获得老师对自己孩子更细心的照顾,担心自己一时疏忽,让老师对自己的孩子另眼相看。对于家长的这种想法,我们的建议是,给老师送礼,还是要"礼轻情意重",不要在物质价格上攀比。一张贺卡,也可以表达孩子对老师的心意,不要太过分地在乎礼品贵不

贵重。因为如果老师特别关心礼物的价值,表明这样的老师是违背师德规范,好的老师是不会如此的。事实上,很多老师也面临一个收礼与不收礼的尴尬境地,收礼,觉得有损教师形象,不收礼,担心家长有另外的想法。所以送厚礼,反而对老师、对家长都不好,而表示情意的礼物,家长与老师都自然。同样,对同学间的互相送礼,家长也要引导,不要让孩子互相攀比,不要追求礼品的价格,而是要促进同学间的友谊。

49. 怎样给孩子过生日或节日? ·····························

误区:没必要讲究

要点:孩子对自己的生日和一些特殊节日,是十分关心的,节日和生日,是父母和孩子亲近,并对孩子进行教育的最好时机,不要错过了这个机会

在不少农村家庭看来,没有必要给孩子过生日或节日,给孩子过生日或节日,是穷讲究。

其实,每一个孩子对自己的生日和一些特殊的节日,都是十分关心的。他们总希望在自己的生日能够得到爸爸妈妈的一份生日礼物,一份生日祝福,能够有小朋友、同学一起来参加自己的生日聚会,见证自己又长大一岁。在一些特殊的日子,比如说小学的"六一"儿童节,初中的"五四"青年节,他们也特别关心,希望能够有家长共同参与,一起来给自己过一个快乐的"六一"儿童节,以及过一个预示着自己走向青年的"五四"青年节。

因此,父母在对待孩子的生日或一些特殊节日时,还是应该花一些时间精心设计,精心设计不意味着过多的精力投入,过多的金钱投入,而是要有意义。比如,在生日时,可以给孩子写一封信、送一张贺卡、办一次生日聚会;可以给孩子办一个一年成果"展示会"、给孩子举办一场小型的家庭表演会等等,这都会给孩子的人生留下难忘的记忆。

生日和节日,是父母和孩子亲近,并对孩子进行教育的最好时机,父母不要错过了这样的机会。另外,对于孩子过节,父母也要进行一定的引导。现在有一些孩子,特别喜欢过一些洋节,甚至有一些初中生,已经开始过起"情人节",在节日期间互相送礼,互

相请客、聚会,孩子为这些节日既花了不少金钱,又花了不少精力,父母要引导孩子正确对待这些节日,要让孩子懂得节俭,懂得节日的意义,不要盲目凑热闹,不要去赶时髦。

50. 什么样的礼物最受孩子欢迎？ ·······················

误区:随便打发就可以了

要点:给孩子礼物,可以表达一种奖励、一种欣赏、一种在意

送礼是一种情感的交流。父母要不要给孩子送礼呢？这在不同的家庭,有不同的看法。有的家庭非常重视这一环节,会利用孩子的生日,或者一些特殊节日,给孩子送一些小礼物。而另外一些家长却认为,父母和孩子之间不需要送礼,即便送礼,随便打发就可以了。

如果家长能够用送礼来表达对孩子的奖励、欣赏、在意,那么,送礼是有积极意义的。家长给孩子的礼物,不一定是物质上的,因为在物质上,家庭已经为孩子创造了很好的条件。礼物关键在于送出特色,送出父母对孩子的关爱。

具体而言,给孩子的礼物,可以包括以下几类:满足心愿型,即以满足孩子的一个心愿,作为礼品,可以是购买孩子一直想要的鞋,也可以是一起到某个地方旅游;出其不意型,即在孩子认为得不到礼物的时候,家长记住他的生日、特殊纪念日,给他购买礼物;精神激励型,家长可以自制贺卡、邀请孩子同伴参加活动等方式,给予孩子特殊的礼物。

给孩子送礼,不应是单向的。家长也应该引导孩子关心父母,比如,教育孩子利用各种各样的机会和场合,来表达对父母的感激、感恩。当然这种感恩、感激,不是生硬的、形式上的,而应该发自内心,自然流露,比如,在父母生日,在母亲节、父亲节,有意识地引导孩子在这一天,给爸爸妈妈写一封信,或者送一个自制的小礼品,让感情在互动中升华。

51. 老师告孩子的状怎么办？ ·······················

误区:不分青红皂白对孩子进行打骂教育

要点：不要打击孩子的信心，不要让孩子陷入错误恐惧症之中

"告状式"家访在今天的教育中普遍存在，有的老师在家访中，乐于向家长"告状"，说孩子这不好那不好。这种"告状式"家访，我们是很反对的。

前不久发生一起事件，某一个地区，有一位老师到一个农村的家庭去家访，孩子知道之后，把老师拦截在路上，在半路上将老师杀害，这就是"告状式"家访所产生的严重后果。

而在"告状式"家访的背后，我们也看到家长在处理孩子问题时，存在的一种不良倾向，即不问青红皂白就对孩子进行打骂，或者要求孩子写检讨。每个人在成长过程中，犯错是难以避免的，对于孩子的错误，家长首先要冷静听孩子的解释，不要武断地去推论就是孩子存在严重的问题，更不要把老师的话转给孩子，制造老师和学生之间的矛盾，给学生留下一个老师就是爱背后说别人坏话，背后告别人状的不良印象。

其次，要与孩子一起探讨改正错误、克服缺点的办法，要告诉孩子，克服缺点，改正错误的孩子，就是好孩子。

第三，要监督孩子，防止孩子犯同样的错误。要帮助孩子树立克服困难，面对错误的信心。家长对孩子错误的正确处理，可以防止孩子产生错误恐惧症。现在有很多孩子，一想到父母的严厉斥责，动辄打骂，要求写检讨，就不寒而栗、胆战心惊，这种错误的恐惧心理，反过来会影响正常的学习生活，很快又会出现新的错误，或者是，这种错误避免了，而孩子的心理问题加重了，比如说抑郁、焦虑、孤僻。

52. 为什么要多对孩子夸奖，少对孩子责骂？ ·····························

误区：把对孩子的表扬藏起来
要点：教育不是发现孩子的弱点，而是发展他的优点，去弥补其弱点

在我们的传统教育之中，家长总是吝啬对孩子的表扬，总是说自己孩子的不足。而在国外的教育之中，却爱对孩子竖起大拇指。这是两种不同的教育理念，也反映出我们教育的某些缺陷：教育不是为了发现孩子的优点，让孩子的优点得以闪光，让孩子

的优点去弥补他的弱点、缺点,而是为了发现孩子的弱点,告诉孩子你有很多很多缺点。

在农村家庭,同样存在对孩子的责骂远远多于对孩子的赏识的现象。只有那些在学校里成绩好、被老师表扬、被同学羡慕的孩子,才有可能得到家长的赏识。但往往就是这些非常优秀的孩子,还是很难得到家长竖起大拇指的表扬,当他考了99分的时候,父母说你为什么没考100分,当他考出100分的时候,父母告诉他,不要骄傲,山外有山,人外有人。

骄傲和赏识是两回事。赏识是对孩子取得成绩的赞许与鼓励,赞许和鼓励并不必然导致骄傲,骄傲是一种自满的情绪,是对自己的不正确评价。家长因为担心对孩子的赏识,会引起孩子的骄傲,所以总是告诫孩子你有很多不足,还应继续努力。实际上,这样的教育,会让孩子觉得自己是没有多少优点的,自己是难以得到赞扬的。这种教育,会让孩子很不自信。

成功的家庭教育,父母会对孩子的点滴进步,给予赞扬,对孩子说:"你真棒!"这种教育能引导孩子朝更优秀的方向发展。我们要知道,如果你想让孩子成为一个什么样的人,就经常告诉他你可以成为什么样的人,而不是反其道而行之,告诉他你永远也不能成为这样的人。比如说,有的家长希望孩子不要自私,他会教育孩子说,你太自私了,你就是很自私的人!有些家长希望孩子有出息,他却对孩子说,你真没有出息,你为什么不能出息一点。父母也许认为自己用的是激将法,可是在孩子看来,既然你都说我很自私,没有出息了,我还转变、还努力干什么呢?

不要吝啬你对孩子的表扬,要看到孩子的点滴进步,为孩子的点滴进步喝彩。

53. 孩子沾上不良习气怎么办? ....

误区:这孩子没救了

要点:孩子沾上不良习气,家长首先要分析自身的原因,其次,要面对这种不良习惯,了解孩子所交往的群体,再次,要和孩子一起来纠正这种不良习惯,要循序渐进,不能寄希望于马上改变

在我们的教育中,有一个本不应该出现的词语,叫"差生"。一些沾上不良习惯的

学生,就被学校老师,列为"差生",将他们边缘化。

从教育的角度看,孩子沾上不良习气,学会抽烟赌博,恰恰需要老师、学校给予更多的关心,来纠正他们的不良习气。将他们视为差生的做法,无疑是错误的。在学校没有认真履行教育责任的情况下,家长千万不能对孩子失望,放弃对孩子的教育。

对孩子的不良习惯,家长要注意以下几点:首先,要分析自身的原因。孩子的不良习气大多来自周围人的影响,包括家长。家长要分析自己是不是有这些不良的习惯,是不是将这些不良习气,传给了自己的孩子。

其次,要针对孩子的不良习气,去了解孩子所交往的群体。有可能是因为孩子交了不好的朋友,从朋友那儿沾染了抽烟、赌博的不良习惯。对于孩子的不良习惯,家长要越早了解越好,不能等孩子已经陷入很深,才发现,才关注,这个时候可能已经出现严重的问题,包括聚众赌博、吸毒,等等。

再次,对孩子纠正不良习气要有耐心。改掉不良习惯,不是一蹴而就的,需要循序渐进,给孩子时间。在纠正的过程中,甚至孩子有可能出现反复,表面上改掉了,但是没过多久又恢复了,家长千万不要认为这个孩子没救了,而要采取耐心的方式,或者求助相关机构,直到他彻底改掉不良习气。

最后,请孩子的同龄人帮助。有时家长的说教,对孩子并不管用,这时家长可以请一些优秀的孩子参与帮助,因为同龄人的话,有可能对孩子产生更直接的影响。通过榜样的力量,引导他走向阳光。

54. 孩子交上了不好的朋友怎么办?

误区:粗暴隔离

要点:家长千万不要太冲动,在教训自己的孩子,把孩子"关起来"之余,再去教育他的朋友,而应该和孩子好好分析,同时理解孩子的孤独,多与孩子交流,发动多个家庭的作用,给孩子更大的交友空间

朋友群体对孩子的成长有很大影响。所谓"近朱者赤,近墨者黑",孩子交了不好的朋友,往往令家长特别忧虑。有的家长对孩子进行打骂,还有的把孩子关起来,这种粗暴的方式,只会把孩子推到不好的朋友一边。

当孩子交了不好的朋友,首先,家长应该跟孩子好好分析,朋友们的行为,是对自己好,还是对自己不好,希望孩子明白,结识上进的朋友才是对自己有帮助的,而所谓的"哥们义气"是有百害而无一利的。

其次,家长应该告诉孩子所交往的朋友的家长,由此形成一个家长联盟,共同教育孩子,纠正孩子的不良习惯。一些孩子之所以成为问题少年,主要是由于家庭的关心不够,家庭的教育不够,因此家长之间能够形成一个联盟,多给孩子一些关心,这样可能会更加有效。

再次,就是要扩大孩子的交友空间。孩子之所以与一些不良孩子混在一起,还有一个原因是他们所认识的朋友有限,他们认为朋友就只有这一类,他们不知道除此之外还有更多的其他类型的朋友。因此,家长应该创造条件,让孩子去扩大交往圈。

为了让孩子有一个健康的环境,让孩子对朋友有一个正确的识别,家长还应该告诉孩子有哪些朋友是不能交的:(1)平时不思读书,厌学,旷课,逃学,夜不归宿又不悔改者。(2)家庭教育失控,不听父母管教,在校又不接受老师教育者。(3)经常纠集他人行凶,闹事,打架,辱骂他人及故意毁坏财物者。(4)以言行威胁、恐吓他人并强行索要他人财物者。(5)平时经常纠缠女同学,对女同学动手动脚,或与女同学有不正当交往者。(6)喜欢传阅淫秽读物或音像制品者。(7)追求吃喝打扮,讲究身着名牌,如女生染指甲,戴耳环,佩戴首饰,染头发,涂脂抹粉者。(8)平时犯有贪小便宜的不良习气,易顺手牵羊,"手脚不干净"的偷窃者。(9)经常沉湎于打电子游戏,进入营业性电子游戏机房,营业性舞厅,KTV 包房者。(10)抽烟,酗酒,或吸食、注射毒品者。(11)参与各种形式赌博或变相赌博又屡教不改者。(12)犯有其他严重违背社会公德等不良行为者。实际上,家长告诉孩子这些朋友不能交,反过来也就要求孩子自己不要成为不受别人欢迎的人。

最后,当孩子实在无法摆脱目前的朋友圈时,家长应该想办法改变生活环境,让孩子摆脱这个群体的影响。这类似于"孟母三迁"。在城市打工的农民工,可以通过改变自己的居住地,重新租房,为孩子提供一个新的成长环境。

55. 孩子沉迷于网络游戏怎么办? ∙∙∙∙∙∙∙∙∙∙∙∙∙∙∙∙∙∙∙∙∙∙∙∙∙∙∙∙∙∙∙∙∙∙∙∙

误区:强制戒瘾

要点:不要一味禁止孩子接触网络,越禁止,孩子越逆反;有条件的家庭,父母与孩子一起上网,引导孩子养成正确的上网习惯,利用网络学习而不是游戏;让孩子甄别网络垃圾信息,用健康的观念防止网络垃圾信息对孩子的影响

　　网络成瘾,是指有一些孩子陷在网络之中,在网吧上网打游戏彻夜不归,逃课、不爱学习不说,还结交不良少年,染上不良习惯。对于网络成瘾的孩子,有的家长采取一切措施,不让孩子接触网络;还有的家长,谋求精神治疗,把孩子的网瘾当成精神疾病加以治疗。但不管是不让孩子上网,还是用强制戒瘾的方式对孩子进行网瘾治疗,效果都不是很理想。为什么会如此?

　　因为他们没有针对网络成瘾的根本原因。在美国,计算机技术非常发达,几乎每个家庭都有计算机,孩子也会上网,但是网瘾的现象却没有我国厉害。原因在于,国内家庭普遍缺乏对孩子积极上网的引导,没有告诉孩子上网的规范,总把网络视为洪水猛兽,采取堵的方式。而由于孩子对网络充满着好奇,家长这种堵只会增强他们的好奇,一旦孩子脱离家长的视线,就会陷进网络之中。

　　另一个原因是,所有网络成瘾的孩子,都有一个普遍的问题,就是家庭缺乏温暖,感受不到父母的关爱,父母与孩子之间的交流沟通非常之少。孩子宁愿泡在网吧里,也不愿回家,久而久之染上网瘾,而且在网吧中结识了一些自认十分"哥们"的朋友。

　　因此,家长一定要针对导致孩子网络成瘾的原因对症下药。第一,不要一味禁止孩子接触网络,要知道越禁止孩子越逆反。第二,有条件的家庭,父母要与孩子一起上网,引导孩子养成正确的上网习惯,要利用网络学习,而不是游戏。要给孩子制定上网的规则,允许他们上网,但是不要在网上花费过多的时间。一般而言,当孩子和家长一起上网,孩子就不会有一种偷偷摸摸的、一上就要上过瘾的上网方式,因为他知道,父母是允许他上网的,只要自己遵守父母制订的上网规则就可以了,而长期坚持这样的规则,他们也就养成了良好的上网习惯。第三,要让孩子学会识别网络垃圾信息,防止网络垃圾信息对孩子的不健康影响。网上的垃圾信息,需要加强管理进行清除,但是要全部清除是不现实的,对于网络垃圾信息,最有效的方式,是让孩子养成良好的上网习惯,拥有甄别信息的能力。当他有良好的习惯和甄别能力之后,就会主动"屏蔽"垃圾信息了。

56. 如何帮助孩子排除性困扰？ ....

误区：性的话题不好意思谈

要点：针对孩子青春期成长的性困惑、性冲动，家长有责任对孩子进行性教育

进入青春期以后，孩子往往会表现出对异性的好奇，对异性的神秘感，有性冲动，这是很正常的。在这一阶段，如果得不到有效的教育与引导，孩子就有可能产生性困惑和焦虑，甚至出现一些行为上的偏差。

但遗憾的是，无论是学校教育还是家庭教育，对性教育都扭扭捏捏。一项对青少年学生的调查得到这样的结果——当询问"你从哪里获悉性知识"时，将近100％的青少年选择书籍和电脑（此调查题为多选），少数选择朋友，询问父母和老师的人寥寥无几。在怎样看待性行为时，57％的青少年认为只要双方愿意就可以发生。当问起是否经常性自慰时，高达67％的人承认有此行为，心理压力很大。当问及学校性健康教育状况如何时，高达80％的人认为学校基本没有进行性教育，强烈要求通过办讲座等方式获取知识。

在一些家庭中，性是很忌讳的话题，家长不愿意告诉孩子正确的性知识，总觉得这是十分难为情的。随着网络的发展，随着影视中关于情感的题材增多，今天的孩子越来越早熟，针对孩子青春期成长的性困惑、性冲动，家长有责任对孩子进行性教育。

一方面，父母要主动告诉孩子，在这个阶段可能遇到的各种各样的问题，告诉他们生理的变化，心理的变化。另一方面，当父母看到孩子看黄色小说、上黄色网站看成人图片时，不要一味斥责，而是要引导孩子正确认识，不妨到书店去买一些进行性教育的光碟、书籍给孩子观看、阅读。再就是，对于孩子的性冲动，应该告诉他们以正确的方式进行排解。比如通过参加体育运动，参加社会活动，转移自己的视线，分散注意力。

总之，家长对于孩子青春期存在的性困惑，不要视为洪水猛兽。对于孩子的性教育，要从扭扭捏捏走向大大方方，帮助孩子度过青春期的困惑。

57. 孩子恋爱了怎么办？ ....

误区：年纪轻轻就谈恋爱，这怎么得了

要点：对于孩子的恋爱，引导远比堵更管用

据有关统计，随着孩子性发育的时间提前，有的孩子在小学高年级，或初中低年级就开始去品尝恋爱的滋味。对于孩子的恋爱，家长应该有以下几方面的态度：

第一，不能严厉地要求孩子断绝交往。有的家长知道孩子有恋爱倾向，就采取非常严厉的管教方式，包括把孩子关起来，用这样的一些行动来杜绝孩子晚上外出，跟其他孩子约会，这种做法，实际上让孩子走向了对立面。

第二，家长不能去翻阅孩子的日记，察看孩子的QQ、MSN的聊天记录。孩子有他独立的世界，孩子的日记、聊天记录都属于孩子的隐私，家长想了解孩子的思想状况，应该观其行听其言，而不是去偷看他的日记信息，这会让孩子觉得自己的权利被父母粗暴侵犯，他反过来不会再听你的建议。

第三，引导孩子有正确的恋爱观。孩子早恋，一方面是生理上的需要，另一方面也是出于一种对异性的好奇。如果家长能及早地告诉孩子性知识，引导他们认识恋爱与学习的关系，那么孩子对异性的好奇可能会减少。

第四，家长应该给孩子自我保护意识的教育，让孩子懂得在与别人交往之中要保护好自己。有些孩子由于对恋爱的好奇和对异性的性冲动，在恋爱中失去了对自我的保护，由此受到伤害。

第五，家长应该教给孩子适当的避孕知识和防性病知识。教给孩子避孕知识，不是鼓励孩子有性行为，而是避免一时冲动之下偶发的性行为给孩子带来身心的伤害。

总之，对待孩子的恋爱，家长应该宽容和理解，在此基础上，与孩子进行沟通交流。进行正面的、积极的引导，远比单纯的堵更管用，更有效。当孩子拥有正常的性知识、健康的性观念之后，他们会慢慢地知道，该怎样处理自己的恋爱问题。

58. 异性朋友给孩子打电话，要不要监听？ ··························

误区：不监控不放心
要点：越监控，越失控

孩子进入青春期后，有的家长对孩子的行踪特别关心。为了防止孩子有早恋行为,或者防止孩子在与异性交往之中吃亏,因此特别关注孩子的电话、孩子的 QQ 聊天、孩子的 MSN 聊天,希望由此了解孩子的思想轨迹和行踪。

对于孩子来讲,家长给他们一片自由的空间,是对他们本人的尊重。监听孩子的电话、想方设法获取孩子的聊天记录,只会使孩子的自我空间,受到父母间谍一样的监视,他们会觉得非常的不自在,并疏远与父母的关系,与父母产生矛盾。尤其当父母在教育孩子时,告诉孩子本属于孩子自己的秘密之后,孩子往往会十分愤怒,会使家庭关系陷入敌对状态,在此状态下,父母其实很难再对孩子进行教育。

有效的家庭教育,必须建立在对孩子尊重的基础上,父母监听孩子的电话,从一开始就破坏了这个基本原则。在对孩子的教育中,家长要学会尊重孩子。至于担忧孩子吃亏,应该通过给孩子讲道理,让她识别善恶美丑来防范,而不是由父母来对她交怎样的朋友进行一一把关,这样的管教、约束,父母很累,孩子更累。

59. 孩子怎样才算身心健康? ·································

误区:心理问题是脑子有毛病

要点:不要忽视对孩子心理健康的关注,要给孩子创造一个自由、宽松的成长环境

在日常生活中,健康这个概念是无人不晓的。人们往往把它与"疾病"相联系,相对立,无病就是健康。其实,这话说对了一半,就人的躯体而言,只要任何器官上没有实质性的细胞病变,就可以说是健康的,但是更重要的是心理上的健康。

1947 年,世界卫生组织就给健康一词下了这样的定义:"健康是人的生理、心理和社会适应能力的一种全面状态,不仅仅是没有病患和虚弱而已。""生理、心理、社会"已成为现代人健康的新标准,也就是说,心理素质不良也被视为病态。

有关调查显示,我国 17 岁以下的儿童、青少年,至少有 3000 万人受到各种情绪障碍和行为问题的困扰。突出表现为人际关系、情绪稳定性和学习适应方面的问题。在北京的一项调查发现,32%的中小学生存在一定的心理问题。但令人遗憾的是,80%的儿童、青少年的心理疾患未被大家关注,以至延误病情,带来严重的后果。

怎样让孩子有健康的心理呢?

一是对孩子心理问题的科学认识。有一些家长还认为,心理不健康就是脑子有毛病,而脑子有毛病的人是被别人看不起的,因此忽视了对心理健康的关注。其实心理问题与身体器官的疾病是一样的,没有见不得人的。家长对此要有科学的态度。

二是关心孩子流露出的一些"警示"信号。包括:(1)情绪方面的警示信号,如恐惧、焦虑,不愿上学,容易生气,敌意、想轻生等;(2)行为方面的警示信号,如离群独处,不与同年龄小朋友一起玩,沉默少语、少动,精神不集中,或者过分活跃,有暴力倾向,逃学、偷东西等行为;(3)生理方面的警示信号,如头疼、恶心、呕吐、厌食或贪食,早醒,入睡困难,耳鸣,尿频甚至全身不适,但医生检查又没有发现躯体疾病。家长一旦发现孩子有这些异常问题,应及时带孩子到正规的精神专科医院就诊,以免延误诊断和治疗。

三是给孩子适当的期望。中小学生中发生的自杀事件表明,往往出问题的学生,并不是那些大家通常认为的坏孩子,成绩差的学生,而是那些老师、家长认为很好的学生。这些好孩子在家长、老师的面前,表现很优秀,但是自己却承担着说不出的痛苦,有时他想好好休息一下,但是想着老师对他的期许,想着父母对他的要求,然后又捧着书。他想告诉父母告诉老师自己真的很累,但是不好意思说出口。久而久之,他们在父母面前,在老师面前表现出很乖巧很听话,但是内心有说不出的痛苦和压力,这样的孩子实际上很容易走上极端。因此给予孩子合理的期望,给孩子创造一个自由的宽松的成长环境,对于我们每个家庭来说十分重要。

60. 怎样发现孩子的异常情绪?

误区:仅仅关注孩子的学习

要点:当孩子在父母面前流露出轻生厌世的情绪,说出"我不想活了"这样的话的时候,千万不要不当一回事,而应该意识到问题的严重性

发现孩子的异常情绪其实并不难,比如活蹦乱跳的孩子突然情绪很低沉,不吭声,一回家就把自己关起来,不跟父母说话。有的家长忙于自己的事务,或者只关心孩子的学习成绩,不太关心孩子的思想变化、情绪变化、心理变化,等孩子出了问题才后悔莫及。

孩子的异常情绪,有可能已存在很久,但一直控制着,没有显现。比如抑郁,孩子在学业压力、家庭压力、社会压力下不堪重负,内心非常痛苦,却在别人面前总是表现出一副轻松的样子,家长发现孩子的抑郁情绪要高度关注。严重的,应通过找心理医生进行治疗。另外,要多让孩子参加一定的体育活动,发泄不良情绪,释放所承受的过重的压力。

前不久,一所学校里发生了这样一件事,一名女生双休日回学校后跳河自杀。当学校发现孩子的尸体,并告诉家长之后,家长泣不成声,他们告诉学校老师,孩子走到今天,他们早有预感。对于孩子的死,家长是负有一定责任的,为什么明知孩子有问题,却不采取一些特殊措施,比如陪孩子上学,为什么不把孩子在家里发生的情况告诉学校老师,让学校老师一起来关心孩子呢?

当孩子在父母面前流露出轻生厌世的情绪,说出"我不想活了"这样的话的时候,千万不要不当一回事,而应该意识到问题的严重性,及时对孩子进行疏导,和孩子进行交流和沟通。有的家长对孩子的这种情绪很不耐烦,甚至打骂说"你去死好了"。孩子在家长那里得不到关心,情绪问题会更加严重。

作为一个负责的家长,应该及时关心孩子发生的各种变化,同时要注意并采取适当的方式,帮助孩子调整不良情绪,不要等孩子出现不良情绪之后还雪上加霜。

61. 孩子不喜欢运动怎么办?

误区:一直捧着书学习的孩子是好孩子
要点:引导孩子养成良好的运动习惯

根据有关调查,我国中小学生的肥胖症率和近视眼率相当之高。孩子为什么从小肥胖,戴上近视眼镜? 一个很重要的原因,就是孩子长期以来被关在教室里面学习,久而久之便不爱运动不爱锻炼。

家长应该引导孩子养成爱运动爱锻炼的习惯,首先,要意识到体育锻炼对孩子成长的重要性,"生命在于运动",参加体育活动,不但可以锻炼孩子健康的体格,还可以调节孩子紧张的学习情绪,培养孩子的团队协作精神。

学习之道,一张一弛,劳逸结合也会促使孩子学习效率的提高。把孩子圈养起来,规定他们长时间学习看书,实际上学习效率极低。很多学生身在教室,心在教室之外,只有把他们解放出来,让他们到运动场上去运动,去跑去跳,才可能使他们的精力更加充沛,然后以更好的精力投入学习。

其次,家长要带着孩子一起去运动。本来孩子的天性是喜欢活动的,但是由于在学校里,老师让他们一直在课堂上待着,回到家里,家长也让他们做家庭作业,不要离开家去和其他孩子玩,就渐渐变得不喜欢运动了。由于没有养成运动的习惯,有的孩子还对运动抱有一种排斥和反感,担心运动之后出汗太多要换衣服,担心运动受伤很麻烦。家长允许孩子去运动,并带着孩子一起去运动,这对孩子养成良好的运动习惯非常重要。当孩子放学回家、节假日里,家长可以与孩子一起去游泳、打球、踢毽子、跳绳、跑步,或者在住地采取其他简便易行的方式运动,都是可以的。

运动对于每个家长自身来说,也是很重要的,因此,从家庭幸福、孩子健康、事业发展出发,每个家庭都要运动起来。

62. 怎样让孩子养成卫生习惯? ·····································

　　误区:不干不净,吃了没病

　　要点:要注重集体卫生和个人卫生,勤打扫家庭卫生,勤换衣、勤洗澡、勤剪指甲,干干净净,不仅自己舒服,也是对他人的尊重

　　有这样一个笑话:服务员送上一碗鱼汤,顾客对她说,你把手指放进鱼汤了。服务员笑笑说:谢谢! 不烫,我不疼。这则笑话,说的是观念上的差异,顾客本来想说的是你把我的汤弄脏了,而服务员对此没有任何意识,还以为是顾客关心她是不是被汤烫坏了。

　　在有的大学里,一些来自城市的学生,不喜欢和农村的孩子一起居住,其中的一个理由就是,农村的孩子不爱洗澡,不爱换衣,袜子穿一个星期也不洗。

　　虽然说这是城市孩子看不起农村孩子,但从中也可以看出,农村孩子的卫生习惯不如城市孩子,影响到了别人对其的评价,而这种卫生习惯与农村家庭是有关系的。

　　孩子的卫生习惯包括两方面,一是个人卫生习惯,二是公共卫生习惯。所谓集体卫生习惯,包括公共场合卫生习惯、班集体卫生习惯、家庭卫生习惯。在公共场合,不

能随地吐痰，不能乱扔垃圾，不能随地大小便；在班集体，要经常打扫卫生，做到地面干净、课桌整洁、窗户明亮；在家庭里，从厨房到卫生间、卧室、客厅，也要经常整理和打扫，既让自己有舒适的环境，也避免细菌繁殖。而个人卫生习惯则包括勤换衣、勤洗澡、勤剪指甲，饭前便后洗手。有的孩子上完卫生间居然不冲马桶，然后让别人来冲，这是一种陋习，既没有公共卫生习惯，也没有个人卫生习惯。个人卫生习惯实际上影响着个人的健康，有一些学生在学校里生病，就是与自己不勤换衣不勤洗澡有关系。

个人卫生习惯除了通常所说的个人清洁以外，还有食品卫生习惯。在食品卫生方面，一直有一个观点，叫做"不干不净吃了没病"，这只适用于食品本身没有安全质量问题。现在有些学生，食品明明过了保质期，也照样食用，在街边的饭店吃饭，也不太讲究饮食卫生，以至于餐后拉肚子，患上肠道疾病。

引导孩子养成全面的个人卫生习惯，这需要从父母自身做起。有的父母自己没有良好的卫生习惯，不讲究家庭卫生，也不太关心自己的个人卫生，这会把不良的卫生习惯传给孩子，影响孩子健康卫生习惯的形成。

63. 怎样对孩子进行文明礼仪教育？ ···

误区：把粗鲁当正常

要点：懂得文明做人，是融入现代社会的根本

一些农村家庭，对孩子的文明礼仪教育比较疏忽，甚至有一种把粗鲁当正常的想法，他们总认为"我们是乡下人，就不要有那么多讲究"，以至于常在公共场合高声喧哗，与别人交谈粗话连篇，他们没意识到这很不文明，反而认为这是属于自己的个性和特色。

文明修养是一个人综合素质的重要组成部分，文明礼仪教育对孩子的成长和今后的事业发展，有着非常重要的作用，在今天用人单位的招聘面试中，就是从孩子的举手投足、言谈举止中，观察他的基本文明素养，是不是有教养，是不是尊敬他人，是不是懂得怎样和他人沟通、协作。

家长要配合学校的文明礼仪教育，教育孩子从小讲文明、讲礼貌、讲卫生、讲秩序、讲道德。要懂得文明礼仪教育的重要性，懂得把孩子培养成一个文明的人、讲礼貌的

人、讲秩序的人是非常重要的。

首先,要以身作则。有的家长自己就不太注重文明礼貌,比如,一些家长看到公交车来之后,马上围上去抢座位;在银行、医院,本来已有排队,但有的人不愿意排队而去插队,不讲秩序和规则,受家长的影响,孩子也不会讲文明、讲秩序。

其次,要防微杜渐。文明礼仪的培养需要从一点一滴做起,有些孩子不懂得尊重师长,看见长辈不打招呼,没有基本的礼貌,家长发现这种情况要及时纠正;有时孩子在与大人的交往之中,不注意说话的分寸,不注意说话的语气,家长不要认为这没有什么大不了的,而应该抓住时机,对孩子表现出来的问题进行教育引导;有一些孩子坐没有坐相,站没有站相,这也与家长没有教育有关,行走坐立都有一定的文明礼仪要求,家长不要认为我的孩子又不要进入上流社会,弄得一本正经太别扭,但实际上,基本的文明礼仪,是让一个人能更好地融入社会,被他人接受的非常重要的基本素质。

64. 怎样教育孩子遵纪守法?

误区:带头闯红灯

要点:家长要以身作则,遵纪守法

我们每一个人在社会生活中,都要遵守一定的社会规则。上车要排队,银行办事要排队,这就是基本的社会规则。违背这些规则,可能被视为没有文明修养,会被人看不起,而另一类规则,如果违背,则会受到法律的严惩,这类规则,就是法律法规。每个家庭,要教育孩子遵纪守法,不要违纪犯法,走上违法犯罪的道路。

教育孩子遵纪守法,家长应该从以下几方面做起:

第一,家长要以身作则,遵纪守法。不要在孩子面前成为违反规则的一个反面榜样。比如说,有的家长带着孩子在城市里面游玩,遇到红灯不停,而是带着孩子闯红灯;看到马路栏杆,不是绕道而行,而是带着孩子翻越栏杆,这些都是违反交通法规的行为,既对自己有安全风险,又影响交通秩序。在家长的影响下,孩子今后就有可能也不遵守交通法规。

第二,家长要及时制止孩子的一些违反规则的倾向和行为。孩子偷偷拿了别人的东西,与别人打架斗殴,用粗话辱骂他人,等等,这些行为都有发展为违法犯罪行为的苗头,家长要高度关注,及时教育。

第三,应该在适当时候,让孩子看一些法制宣传的警示资料、照片,对孩子进行普法教育。家长应配合学校,让孩子知法、守法,告诉孩子哪些事情千万不能做,以及违法犯罪的严重后果。只要以身作则,时刻警惕,耐心教育,孩子就会远离违法犯罪,健康成长。

65. 孩子违法犯罪怎么办? ···

误区:我没养这样的孩子

要点:不要把问题孩子推出家门,应该给他关爱,拾起生活的自信

青少年违法犯罪问题成为近年来社会关注的一个热点。青少年的违法犯罪,主要包括:性犯罪、偷窃、抢劫、吸毒、打架斗殴,而且有低龄化、团伙化的趋向。

有关调查显示,违法犯罪的青少年大多来自单亲家庭,留守儿童、流动儿童占不小的比例。由于这些孩子得不到家庭的温暖,逐渐成为问题少年。因此从这个角度上讲,防范孩子违法犯罪,最好的办法就是有健康的、温暖的家庭教育。而当孩子走上了违法犯罪的道路之后,家长应该认识到是自己的家庭教育出了问题,才导致孩子走上违法犯罪道路,所以要反思自己家庭教育的问题,思考怎样给孩子关爱,怎样让孩子拾起生活的自信,而不能够进一步沿着错误的家庭教育的方向,把问题孩子推出家门,觉得这样的孩子是给自己丢脸,这样的孩子等于没养。

对于违法犯罪的孩子,家长应该从以下几点做起:

第一,正视现实。孩子已经违法犯罪,家长不要逃避,不要不见孩子,应该与有关部门一起,直面孩子的违法犯罪问题。

第二,反思自己的家庭教育方式。孩子走上违法犯罪,有可能跟社会环境有关,但主要的原因来自于家庭教育,家长在孩子违法犯罪过程中,扮演着非常重要的角色,不关心孩子的成长,没有给孩子温暖,不及时发现孩子的不良习惯,不去纠正孩子的不良习惯,不给孩子正常的性教育,不排解孩子成长中的困惑,这些都有可能导致孩子走上违法犯罪道路,因此家长应该反思自己对孩子是否尽职尽责,从而调整自己的家庭教育。

第三,应该给孩子成长的空间和机会。父母要告诉孩子,家永远是你的家,我们永远是你的父母,应该在孩子走向新生的道路时,开始整个家庭的新生,让整个家有新的面貌,而不能因为孩子的违法犯罪,让孩子和这个家一起走向毁灭,那不是我们所希望的一个结果。

66. 参加家长会要问些什么问题? ·························

误区:只关心孩子成绩

要点:参加家长会,不光要了解孩子的学习成绩,更应了解孩子的心理问题

每个学校都有家长会这种方式,来沟通学校和家长之间的交流。在家长会上,学校一般会由学校领导和班主任,向家长介绍学校与孩子的近期情况,并向家长提出要求;家长也可向老师反映孩子在家时的情况。

参加学校的家长会,家长要问什么问题呢? 有的家长在家长会上,只关心孩子的成绩,问孩子是进步还是退步,这是远远不够的。成绩只是孩子的一方面表现,他在学校里的思想、心理状况比成绩更重要。一个只关心孩子成绩的家长,往往会忽视孩子在学校里的其他表现,而其他的表现,恰恰是家长们最缺乏了解的。实际上,在平时孩子的作业之中,在孩子每次拿回来的考题试卷之中,家长已经了解了孩子的成绩情况,通过家长会,家长应该问孩子在学校里的整体表现,同时也把孩子在家庭里面的一些问题告诉老师。

对于家长会,一些家长存在一个误区,就是只在老师面前说孩子的好话,不说孩子的坏话,担心老师会对孩子产生不良的印象,其实这是不对的。家长会一个很重要的目的,就是要让老师知道这个孩子在家庭里的表现,包括对待父母,对待长辈是不是尊敬、孝顺,是不是乐于做家务,分担家庭责任,是不是及时地完成家庭作业,是不是有健康的作息习惯,这些都应该让老师知道,老师只有知道了这些情况,才可能在接下来的教育之中,对孩子进行有针对性的教育。家长千万不要以为,把孩子的坏习惯告诉老师,会把孩子的缺点和问题暴露在老师的面前,会让老师对孩子另眼相看,这种担心是不必要的。

当然，就像学生担心老师的家访变成对学生的告状一样，孩子也很担心家长会变成家长对学生的告状。因此，不管是老师向家长反映了学生的问题，还是家长向老师反映了学生的问题，家长和老师都应该采取一种合理的方式，来帮助孩子，千万不要让孩子觉得，是因为这次家长会，让老师知道了自己在家里面的缺点，让家长知道了自己在学校里面的缺点，变成双方的互相告状，这会让孩子排斥家长和老师。老师和家长应该采取循序渐进的方式，在不动声色之中，调整对孩子的培养方式，让他逐渐改变存在的问题，而不是"下猛药"寄希望让孩子在短时间内彻底改变，更不能在参加完家长会之后，家长马上回家就劈头盖脸地对孩子进行责骂，进行体罚，指责孩子不争气，久而久之，孩子甚至会在学校开家长会的时候，不把家长会的信息告诉家长，说谎敷衍家长，这会导致家校沟通出现严重的问题。

67. 对外出打工的孩子要叮嘱些什么？ ······························

误区：孩子打工去，未来就看他自己造化了

要点：对于孩子外出打工，家庭教育不能由此中断，家长应该保持对孩子的爱心，关注孩子外出打工的情况

初中毕业，或者高中毕业之后，一些农村孩子由于各种原因，不再读高中，不读大学，而是外出到城市里打工。对于孩子外出打工，家庭教育不能由此中断，家长应该保持对孩子的爱心，关注孩子外出打工的情况。在孩子外出打工时，家长应该关心以下几点：

第一，要知道孩子打工的城市，了解那个打工城市的信息，尽可能帮助孩子去适应城市的打工生活。

第二，要了解孩子打工的公司，打工的单位。孩子外出打工，按照劳动法和合同法，应与雇佣单位签订用工协议。刚刚初中毕业、高中毕业的孩子，由于涉世未深，有时还不知道怎样保护自己的权益，父母的适当参与，可以帮助孩子保护自己的权益。

第三，要教育孩子不做违法犯纪的事。有些孩子由于缺乏防范意识，在打工的城市结识了一批不良青年，甚至被不法公司利用，走向犯罪的道路，家长应该给予提醒。

第四，应该教育孩子拥有人格尊严，不要做有失人格尊严的事。在城市打工，很多

孩子会受到城市里的诱惑，家长要教育孩子懂得抗拒诱惑，堂堂正正做人。

第五，要告诉孩子节约用钱，珍惜自己的劳动成果。孩子在外打工挣的都是血汗钱，千万不要挥霍浪费。要有理财意识，能够把钱积攒起来，今后回家建房成家，或者开创自己的事业，要有一个长远的规划，而不能今朝有酒今朝醉。

第六，孩子打工之后并不意味着，由此中断、结束学业，而应该鼓励孩子在适当的时候，继续在打工城市参加自考，接受成人教育，去读书，获取更高的学历，获取更多的知识，提高自己的能力和素质，这样，可以更高的能力和素质，去寻找更好的工作。

68. 打工的孩子还需要家教吗？ ·······························

误区：不读书了，还要什么家教

要点：家教是持续一生的，父母要经常给孩子为人处事的指导，经常保持联系、沟通

不少农村家庭，在孩子打工、上大学、大学毕业之后，就很少再与孩子谈成长的事，而孩子也很少再向父母汇报自己的成绩，倾诉自己在成长中遇到的困惑，与父母的关系越来越疏远。出现这种问题，原因是多方面的，其中一方面的原因，与家长对家教的定位有关。

在有的农村家长看来，孩子只要不读书了，就不需要什么家教了。这其实是一种误区，家教对于每一个孩子来说，是持续一生的，父母在孩子的未来人生成长过程中，也要与孩子经常保持联系、保持沟通。其实，不仅仅打工的孩子仍旧需要家教，就是孩子上了大学，大学毕业之后参加了工作，他们也是需要家教的。人一辈子的成长，都需要周围有人指点，有的可能来自学校的老师，有的来自单位的同事，而父母的人生阅历，父母的人生经验，父母与孩子间的亲情交融，是每个人的成长中受到的最大影响之一。

家庭教育在孩子成长的各个不同阶段，承担着不同的角色。在孩子的幼年阶段，父母更多的职责是"抚育"；在孩子的成长期，家长的职责是以身作则，给孩子一种熏陶和感染；而在孩子事业的发展过程中，家庭就是后盾、避风港，当然，"后盾"不是物质支持，而是用一种家庭的精神力量，鼓励孩子去战胜困难，迎接挑战。只有在不同的阶段，都发挥好不同的家庭教育角色，才能使孩子健康而积极的成长。

69. 学前教育教孩子什么？ ·····································

误区：学前教育就是识字算术

要点：学前教育指 0～6 岁的教育。农村学前孩子上学条件差，不在于识字、拼音，而是学习习惯、行为习惯

学前教育是指 0～6 岁的教育。目前，农村家庭更加关注的是 3～6 岁幼儿园阶段的教育。相对于上小学、初中来说，幼儿教育在农村还十分薄弱，目前农村孩子幼儿园的入院率只有 40% 左右，还有 50% 以上的孩子没有接受学前教育。

学前教育对孩子来说是非常重要的，它可以让孩子养成良好的学习习惯和行为习惯，能够更好地认知自己，开发自己的潜力。因此，有条件的家庭应该送孩子进幼儿园，接受学前教育。而如果没有条件，家长也应该重视孩子的学前教育，给孩子以指导。那么，学前教育究竟教孩子什么呢？

有的家长认为，学前教育就是让孩子识字、拼音、算术，农村孩子在一起，家长经常会让他们比谁的识字多，谁会拼音，谁会算数。学会一定的识字、算术，只是学前教育的一方面，比识字、算数、拼音更重要的是，要让孩子养成健康的行为习惯、学习习惯，懂得尊重他人，跟周围的小朋友和睦相处，形成一定的纪律与规则意识。因此家长应该更多地从孩子的行为习惯、学习习惯上着手，培养孩子良好的行为习惯。

学前教育也是孩子进入小学的准备阶段。小学教育要求孩子有一定的自理能力，有一定的纪律观念，有一定的集体意识。因此，在孩子的学前教育阶段，家长应该培养孩子的自理能力，自己穿衣、系鞋带、整理书包，培养孩子的集体观念，不伤害他人，培养孩子的遵守纪律的意识，告诉孩子在学校里要有时间观念，严格遵守作息规定，不迟

到、不旷课。

70. 何时送孩子上学？ ....

　　误区：想什么时候送孩子上学就送孩子上学

　　要点：按照义务教育法规定送孩子上学，是每个公民的义务

　　我什么时候想送孩子上学就送孩子上学。这种观点，在农村家庭中，有一定的普遍性。

　　按照《中华人民共和国义务教育法》，孩子上学的年龄是6周岁。也就是说，当年9月1日开学以前已经年满6周岁的孩子，才能够在当年进入小学上学。而如果是在当年9月1日以后才满6周岁的孩子，他只能等到第二年才能上小学。对于这样一个规定，有的家长不理解，往往会把自己孩子的年龄改大一点，然后能够在当年上学。

　　对于家长的这种做法，有不同的意见，一种意见认为，孩子上学应该有弹性，不能一刀切，但是由于《义务教育法》有规定，因此要实行弹性上学年龄，需要对《义务教育法》进行修订；另一种意见认为，没有必要那么早送孩子上学，孩子上学年龄过小，不利于他在集体中的成长，9月刚好满6周岁的孩子，当年入学，可能是班级里年龄最小的，比其他同学要小一周岁左右，一年时间对于成人可能差别不大，而对孩子来说，生理、心理发育的差距是非常大的，这样的差距，有可能从小学一直到初中、高中都会存在，因此不要为了让孩子早点上学，就让孩子一直有这样的差距。

　　在有的家长想早一点送孩子上学的同时，也有的家长即便孩子到了6周岁，也不让孩子上学。从法律上说，孩子晚一点上学，是允许的，但家长要提出一些证据，表明孩子不能按时上学，而且推迟时间最多不能超过一年。义务教育作为一种强制教育，要求每一个家长一定要履行作为监护人的责任，送适龄孩子上学，接受义务教育。

71. 孩子要在城市上学吗？ ....

　　误区："起跑线"比什么都重要

　　要点：是否到城市上学，与当地上学条件、家庭经济条件有关，到城

市上学越来越普遍，但要考虑到对孩子的照顾

由于教育资源的不均衡发展，农村中小学的办学质量与城市中小学的办学质量相比，事实上存在着差距。因此，有一些农村家庭为了让孩子接受更好的教育，一方面通过到城市打工，把孩子送到城市里面去上学，另一方面，有的家长虽然在农村生活，却让孩子到当地的城市去上学。这两者都是择校行为。从家长角度上看，择校行为是可以理解的，但是必须注意以下两点：

第一，对于孩子的教育，"起跑线"虽然很重要，但是，"起跑线"并不代表一切，如果孩子到了一个新的环境，不适应新环境的生活，尤其是在当地择校，孩子离家很远，要么寄宿，要么每天奔波很长的路，这都会给孩子的心理和生理造成一定影响。多数情况下，孩子在当地择校，父母会在城市租房，或者委托他人照顾，这会让自己的孩子脱离农村的小伙伴群体，会产生一种孤独感、不适感。因此，家长在选择学校时，一定要分析孩子本身的情况，要结合孩子的实际情况来选择学校。

第二，孩子选择什么样的学校读书，还要考虑家庭的经济条件。有的家庭硬着头皮让孩子上了一所较好的学校，但家庭由此不堪重负，产生很大的压力。这种情况下，家长往往对孩子寄予很高的期望，孩子也感受到更大的学习压力，这对孩子的成长是不利的。

选择让孩子读一所什么样的学校，家长要结合自己的家庭条件、孩子的实际情况、对孩子的期望等多方面因素综合考虑，而不要贸然地作出决定。事实也表明，有的到城市学校读书的孩子，并没有比在农村读书的孩子表现得更加优秀。因为孩子的成长，是多种因素共同作用的结果，学校教育仅仅是其中的一方面。

72. 孩子上课思想老是开小差怎么办？ ································

误区：开小差就是学习态度不端正

要点：孩子思想不集中，有学习习惯问题，也有心理问题，比如多动症，还有文具不恰当问题，比如一些文具上有卡通漫画，或是活动文具。要培养孩子对一件事的专注度，不能三心二意

老师讲课时，孩子眼睛虽然盯着黑板，但是却在发呆，叫他起来回答问题，他不知所云；还有的孩子东张西望，或与周围的孩子说话，自顾自地做自己的事。当老师把孩子的这种情况告诉家长时，家长总会认为这是孩子学习态度不端正。

孩子上课思想不集中，老是开小差，实际上不是孩子学习态度不端正的问题，而是学习习惯与心理问题。在学习习惯方面，有的孩子从小没有养成集中精力做事的习惯，比如，有的父母在孩子读书时，不时让孩子去干这干那，导致孩子不专注。在心理问题方面，可能孩子有多动症，多动症是一种常见的儿童行为异常疾病，这类患儿的智力正常或基本正常，但学习、行为及情绪方面有缺陷，主要表现为注意力不集中，注意短暂，活动过多，情绪易冲动，学习成绩普遍较差，在家庭及学校均难与人相处。除此之外，还有文具问题，比如文具上有卡通漫画，还有一些家长给孩子买活动文具、玩具文具，孩子上课的时候就会把精力分散到文具上。

家长不要对上课开小差的孩子进行打骂，规定他上课时一定不能动，而要针对具体的原因，引导孩子逐渐把精力集中到上课中来。对于孩子的学习习惯问题，家长应该培养孩子的专注，不要随意打断孩子正在做的事，引导孩子能在一件事上专注更长时间，比如统计他做作业、看书可以持续坚持的时间，不断加以鼓励。另外，可有意训练孩子动手制作小东西的能力，这样时间一长，也会逐渐养成注意力集中的习惯。

其次，合理看待孩子心智上的不成熟，要求孩子很小就长时间全神贯注听课，其实也不现实。在国外，小学课堂是允许孩子可以随意走动的。如果我们适当调整对学生思想开小差的评价，不对开小差过于紧张，随着孩子的成长发育，注意力不集中的问题可能自然减少。当然，如果孩子属于多动症，家长应把孩子送到医院，接受治疗。

再次，尽量改变孩子开小差的环境，包括，请老师调整座位，把上课爱说话的孩子隔离开，让孩子在精力集中的同学影响下，也逐渐集中精力，那种把所有精力不集中的孩子安排在课堂最后位置的做法，只会让他们精力越来越不集中；家长给孩子准备的文具，不要是活动玩具，这样可让他的精力相对更能集中。

73. 孩子回家抱怨老师怎么办？

误区：孩子不该说老师的坏话

要点：了解孩子抱怨老师的具体原因，有的放矢地解决孩子回到家里,有时会向家长抱怨,某某老师很不好。对于孩子对老师的抱怨,家长不要等闲视之,如果不妥善处理孩子对老师的抱怨,孩子可能因对老师的不满,而不愿意去学校,甚至产生厌学情绪。

第一,和孩子一起分析老师究竟好不好,老师究竟是哪一点不好引起了孩子的抱怨,分析其中的合理因素,以及不合理因素。孩子对老师不满,可能是因为老师批评了他,他觉得老师对他的批评是不公正的;可能是老师表扬了其他同学,他觉得对其他同学的表扬是不对的;还有可能是老师做了一些伤害孩子的事。家长要通过与孩子沟通,知道具体的原因。

第二,引导孩子正确对待老师对自己的批评,对周围同学的表扬,看到自己的弱点,学习别人的优点。

第三,对于学校老师的教学、管理方式,如果家长认为孩子的反映是属实的,是有一定道理的,应该及时找到学校进行沟通,以便让老师的教学、管理方式有所调整。如果孩子的合理抱怨不能得到解决,有可能导致孩子对老师、学校有抵触情绪。

第四,家长通过孩子的抱怨,了解到老师对孩子合法权益进行了侵犯,甚至是身体上的伤害,应该捍卫孩子的合法权益。近年来,一些农村地区的中小学,不时发生老师对孩子的性侵犯、性骚扰事件,有些孩子忍气吞声,还有一些孩子告诉家长之后,家长也不敢找学校,导致这些少数的披着狼皮的老师更加胡作非为。家长遇到这种情况,应该及时告诉学校领导,同时报警,对违法犯罪分子进行严厉的惩罚,给孩子一个安全而健康的环境。

74. 要送孩子上培训班吗?

误区:不上培训班要输给别人

要点:上培训班,要真正出于培养孩子的兴趣与特长

培训班也被称为兴趣班或特长班,但实际上,家长让孩子参加培训班,主要用意不在于培养学生的兴趣,也不是发展孩子的特长,而是希望能够参加培训班、特长班,获得某种证书,以便在升学时获得优势。另外,有的家长看到周围有很多家长送孩子上培训班,于是担心自己的孩子落后,也会想送孩子去上这样的培训班,即所谓跟风。

农村家庭有时也会有这样的考虑,尤其是孩子在城市求学的农村家庭,送孩子上培训班的不在个别。对于农村家庭的这种选择,有以下几点建议:

第一,要明白自己送孩子上培训班的真实意图,究竟是培养孩子的兴趣,培养孩子的特长,还是为了面子,不"输给"城市同学?不同的送孩子上培训班的目的,其结果是不一样的。如果是基于兴趣和特长,送孩子上培训班,那么要看孩子有没有这样的兴趣,有没有这样的特长,没有这样的兴趣,没有这样的特长而送孩子上培训班,对孩子其实是折磨。而如果是从面子角度考虑,不让孩子输给别人而送孩子去上培训班,这完全是虚荣和攀比,并不利于孩子健康成长。

第二,送孩子上培训班,家长一定要分析自己的家庭经济实力。现在上培训班的费用都很高,有的家长为孩子报了几个班,上培训班的费用远远超过了孩子上学的费用,是农村家庭中的一笔不小的开支。因此家长在送孩子上培训班的时候,一定要评估自己的实力,不应该盲目。

第三,要尊重孩子的意愿,不要一厢情愿。送孩子上培训班,不少是家长报名、安排孩子上培训班,在小学的时候,孩子还会听从父母的安排,而到了初中、高中的时候,父母在不听孩子意见的情况下,安排孩子去上培训班,孩子是有反感情绪的,带着反感情绪去上培训班,会有怎样的效果呢?

75. 孩子学习粗心怎么办?

误区:不是不会,是"不小心"

要点:细节决定成败,家长应帮助孩子克服粗心的习惯

孩子拿回试卷,告诉爸爸妈妈,这些题目我都会,就是因为某一道题看错了一个数字,或者把加法看成了减法,才没考出更高的分数。很多家长对此往往不在意,认为孩子是粗心大意,不是不会。

粗心是孩子学习中的一个大问题,表面上,是孩子比较大意,审题不清,但实际上这可能反映出三个问题:一是注意力不集中,他脑子里可能想着其他事情,所以把题目看错了;二是做事急躁,没有责任心,粗心的问题,只要认真检查,都可以发现,有的孩子做完试卷、作业不检查;三是知识掌握不牢,孩子不是粗心,而是不会。

为帮助孩子克服粗心的习惯,有的老师采取一种反复训练的方式,比如,孩子写错了一个字,做漏了一道题,看错了运算符号,要求孩子反复抄这个字100遍,一道题做几十遍,希望通过这样的"惩罚",教育孩子集中精力,做题仔细。这种做法,有利有弊。好处是让学生记住了粗心的"代价",而坏处是,孩子可能对这道题不粗心了,但并没有从根本上改掉粗心的习惯。让孩子改掉粗心的习惯,首先要提高孩子做事的专注度,在做事时不能三心二意,心不在焉。要告诉孩子,粗心可能铸成大错,比如家中煤气灶开着、水龙头开着、电热炉燃着,却出门去干其他事,结果有的引发火灾,有的导致家里"水漫金山",只有充分认识到粗心的危害,才可能让孩子对粗心这个"小毛病"引起高度关注。

其次,在教育中,要强调细节的重要,一些孩子在学习中粗枝大叶,不关注细节,而学习中,照样有细节决定成败的道理。平时整理书包、外出携带东西,都应该让孩子自己做,不要丢三拉四。在做作业时,要养成检查的习惯,并注意采取不同的办法检查。有的孩子虽然检查了,但检查过程中孩子按照原来的思维进行,因此很难发现错误,而只有用不同的方法,才可能发现粗心之错。

另外,对于粗心的孩子,家长不妨给他们准备一个备忘录,让他们记录每天应该做的事,提醒作业、考试中应该注意到的细节。或让孩子编一本错题集,提示自己不重犯此类错误。

76. 怎样纠正孩子拖沓懒散的习惯? ·····························

误区:他就是慢性子,拖沓懒散惯了

要点:拖沓的孩子,学习生活缺乏计划,行动缓慢,家长要和他一起制订计划,并按计划来学习生活

孩子的拖沓懒散,令不少父母非常恼火。有些孩子回到家,七点钟开始做作业,做到晚上十一点钟,还没有做完;交给他做一件本来预计20分钟就可以完成的事,但是他用了两个小时还没有完成。

对于孩子的拖沓,有的家长已经没有信心,认为是孩子的慢性子使然,其实,拖沓懒散的孩子,是急脾气的不少。孩子拖沓懒散的习惯,一般有三方面的原因:一方面,

与孩子对这件事的兴趣与责任心有关,对这件事,没有兴趣,所以能拖则拖;对这件事,没有责任感,所以不积极完成。另一方面,可能与父母对他的管理有关,父母给孩子布置一个任务,但没有严格地执行检查,即便检查了,孩子没有按时完成,家长也不会对他进行教育,而是给他宽限时间。再就是孩子做事的方法不对,效率不高,很多时候,我们认为孩子的拖沓懒散,是态度问题,但实际上有可能是他的能力存在问题,对题目、对事情无从下手,无从下手就会导致他拖时间,而拖延下去的结果,还是无从下手。

纠正孩子的拖沓懒散习惯,首先,家长要引导孩子作计划,并监督孩子完成计划,"今日事,今日毕"。拖沓的孩子,学习生活缺乏计划,家长要和他一起制订计划,并按计划来学习生活。最初,家长可以帮助孩子做计划,规定他在一定时间完成作业,要检查督促他,按规定时间完成作业、做完事情给予奖励,没按规定完成作业、做完事情,应给予批评,甚至给予一定惩罚;进一步,则由孩子自己制订计划,在什么时间完成什么事,并检查自己执行计划的效果。

其次,家长应该引导孩子树立责任意识,要让孩子认识到自己的事自己做,他自己的作业,交给他做的事情,就是他的事情,不可能有别人帮助做。有的家长看见孩子作业老是完不成,交给他的事情也做不好,因此就主动帮助他完成作业,主动帮助他完成事情,这样一来,孩子就会觉得拖沓懒散,会有人帮他来完成的,所以他就会越来越拖沓,越来越懒散。

对于孩子的拖沓,家长还要从孩子的态度之外,寻找能力方面的原因,看他是不是不懂,是不是不会,只有让他懂,让他会,才可能提高办事的效率。

77. 孩子记忆力不好是没有吃补品吗？ ....

误区:记忆力好是因为孩子脑子好

要点:提高孩子的记忆力,关键还是要采取正确的记忆方法,投入学习时间,用联想记忆、意义记忆、分散记忆来替代机械记忆、死记硬背,以及集中的突击应对

有一些广告这样说,"吃＊＊,提高孩子的记忆力!"在这种广告的影响下,有一些家长认为,自己的孩子记忆力不好,是没有吃补品,于是找到了孩子记忆力不好的一个

原因——不像城市里的孩子那样生活好,那样有钱买补品。

其实,孩子的记忆力与吃不吃补品没有直接关系,孩子营养好,可以保证他们身体健康发育,但是很难说能够起到显著提高孩了记忆力的功效。提高孩子的记忆力,关键要掌握良好的记忆方法,以及学习时要聚精会神。

良好的记忆方法,包括:联想记忆、意义记忆、分散记忆。所谓联想记忆,就是由此及彼,由一个旧词汇联想到一个新词汇,既记住新词汇,又复习了旧词汇,这种记忆方法,老师一般都会教给学生。

所谓意义记忆,就是在理解的基础上记忆,不是机械记忆,不是死记硬背。机械记忆往往不求甚解,记忆保留的时间不长,不久之后就会忘掉,而意义记忆,则是让孩子能够懂得自己所记忆东西的意义,由此让记忆十分牢固。

所谓分散记忆,是相对集中记忆而言的。有些孩子平时不用功,临时抱佛脚,采取集中突击的方式来复习自己所学的知识,集中记忆既特别"痛苦",又很难记牢。应该把知识的复习掌握分散开来,学完一门新课,就立即进行复习,千万不要学了第一课不复习,然后到了最后期末考试时,再总复习,这种总复习是很难取得好效果的。

因此,提高孩子的记忆力,关键还是要采取正确的记忆方法,投入学习时间,用联想记忆、意义记忆、分散记忆来替代机械记忆、死记硬背,以及集中的突击应对,只有这样,才可能使学习更有效率。如果学习方法不对,学习投入不够,再怎么吃补品,也是没有效果的。

78. 怎样辅导孩子学习?

误区:辅导孩子作业就是陪读

要点:要孩子养成自主学习的习惯

对农村家庭来说,辅导孩子学习是一个比较大的难题,一方面,有的家长自身的知识有限,另一方面,很多家庭有生存压力,父母要打工,或者要干农活,因此不像城市家庭那样,下班之后有足够的时间,也有足够的能力,对孩子进行课外辅导。

但是我们知道,辅导孩子作业,并不是陪读,并不是要家长帮助学生做不会做的题目,检查学生完成作业的质量,而是让孩子养成一种自主的学习习惯。因此,对于农村

家庭来讲,还是可以辅导孩子学习的。可以从以下几方面着手:

第一,适当地问孩子当天学习的内容,让他对你进行复述,虽然你可能不是特别理解,但是孩子这样的复述,已经完成了他对课程的复习。

第二,可以让孩子与其他家庭的孩子一起学习。不妨建立一个孩子回家学习小组,可以把几个家庭的孩子安排在一起做家庭作业,轮流派一个家长来监督孩子课后的学习,这种形式可以让孩子之间互相学习,互相监督。

第三,有条件的家长,可以适当地与其他的家长合作请家庭教师。聘家庭教师往往对于农村家庭来说是一个奢望,但是几个家庭一起来请家教,让家教帮忙辅导、教育孩子,还是有一定的可行性。请家教千万不能是对老师上课内容的复述,如果这样的话,很多孩子对家教有依赖,他上课不认真,想到回家之后会有家教,家教老师会一一告诉怎样做题目的,这反而不好。

家庭教育最核心的问题,并不是要家长承担学生课后作业的辅导,而是积极配合学校,监督学生养成认真复习,巩固当天所学知识的良好习惯。

79. 孩子不爱做家庭作业怎么办? ·····································

误区:不做作业,用棍棒逼

要点:提高孩子家庭作业的兴趣,还要从作业本身,以尊重孩子的意愿出发

有一些孩子放学回家之后,第一件事情,可能是打开电视机,或者打开家里的电脑,就开始看电视,或者玩游戏。还有一些孩子,回到家,书包一扔,就跑出去找小伙伴们玩去了。

这种孩子往往被认为是不爱做家庭作业的孩子。对于孩子出现这种情况,家长该怎么处理呢?

首先,爱玩是孩子的天性,看电视、玩一会儿电脑、找小伙伴玩,并不就是坏事。其实,在国外一些小学,根本就不布置家庭作业。近年来,国内有不少专家也在呼吁,小学生不宜留太多的家庭作业,应该把更多的时间交给孩子。

其次,在老师仍旧布置家庭作业的情况下,家庭作业也可视为对当天学习的巩固,

从养成孩子及时复习的习惯出发，家长也有必要关心孩子的家庭作业情况。对于孩子不愿意做家庭作业，家长要分析具体原因。具体原因包括以下几方面：

一是有的孩子可能对学习有厌倦。孩子已经在学校里学习了一天，回到家里面总希望放松，所以不希望回到家里再继续做家庭作业。

二是家庭作业本身很枯燥。老师布置的家庭作业，主要是大量的记忆、大量的抄写、大量的演算。这些非常枯燥的作业会让孩子感觉非常头疼。

三是孩子想先玩再完成作业。有的孩子回到家里先要玩，不急着把家庭作业完成，认为回到家之后时间还早，还可以和其他孩子一起玩，如果先做好家庭作业，再去玩，天色已暗，就没孩子一起玩耍了；或者放学回家之后，正好就有好看的儿童节目，因此不舍得放弃看电视去做作业。

家长应针对以上不同的原因，引导孩子正确对待家庭作业，对于孩子厌倦学习的情绪，应该引导孩子慢慢培养学习的兴趣。如果孩子没有学习的兴趣，他很难对家庭作业有兴趣；对于家庭作业的枯燥，这需要跟学校老师一起商量，尽量改变让孩子陷入题海这样一种家庭作业方式，而应该多布置一些可锻炼孩子思维和动手能力的题目，让孩子觉得做这些题目，有收获，也很有兴趣；对于孩子想玩、想看电视，家长应允许孩子适当调整做家庭作业的时间，让他先看完自己喜欢看的电视，然后再做家庭作业，如果逼迫孩子一定要先做好家庭作业，实际上他有可能心不在焉，效率也不高。因此家长和孩子之间可以达成一个协议，就是每天他可以先看多少时间他喜欢看的电视，而其余的时间应该完成学校老师布置的家庭作业。

让孩子完成家庭作业，父母不能拿着棍子强迫孩子，而要从老师布置家庭作业的内容，调整家庭作业的时间等出发，让孩子乐于做家庭作业。只有本身就有吸引力的家庭作业，只有孩子本人能认真投入精力去做的家庭作业，对孩子的学习复习巩固才有效。

80. 孩子抄同学的作业怎么办？ ·····························

误区：抄一两次同学的作业无所谓

要点：平时抄袭作业，很容易演变为考试作弊。因此，当家长发现孩子有抄同学作业的行为时，应该对孩子进行教育由于老师布置的作业较多,有的孩子当天晚上没有完成作业,第二天到学校,拿着同学的作业本来抄,这种情况不时发生在一些孩子身上。对孩子抄同学作业的行为,家长要引起高度关注。

在大学、中学的考试中,经常有部分学生考试作弊,而考试作弊一旦被发现,学生将为此付出沉重的代价,包括成绩作废、勒令退学等。而追查作弊的原因,有时就起因于孩子从小抄同学的作业,从平时抄袭作业,演变为考试作弊。因此,当家长发现孩子有抄同学作业的行为时,应该对孩子进行教育。

首先,家长应明确告诉孩子,宁愿作业没有完成,也不要看到一个作业完成得很好,却是抄别人作业的作业本,这样的作业本是在敷衍老师和家长,同时也对自己不负责。

第二,要告诉孩子这样做的严重危害。抄同学的作业,也是作弊,也是诚信问题。在现在的作业中,有时老师可能不会发现你的作弊,但是如果在今后的考试中出现这样的行为,一旦被发现,将会成为你人生中的污点,严重的,将会失去已经获得的教育机会。

第三,家长应该注意对孩子的合理期望。有的孩子之所以作弊,是因为按照他们的能力,其实无法达到父母的期望,为了能达到父母的期望,因此走这样的捷径。如果家长对孩子的期望更加合理,孩子也不至于采取这种方式。

81. 孩子总有畏难情绪怎么办?

误区:要孩子勇敢面对困难,自己却一点不勇敢

要点:遇到困难,要乐观对待,不能轻易放弃,也不要钻牛角尖

"爸爸,这道题太难了,我不会做。"

"妈妈,我不想去参加这个活动。"

在学习或者参与学校活动中,一些孩子会流露出对学习和参与一些集体活动的畏难情绪。面对困难,有畏难情绪是正常的,但如果孩子一遇到困难,就退缩,那么就会使得他缺乏挑战困难的勇气。家长应该利用各种方法来鼓励孩子战胜畏难情绪。

对学习中的畏难情绪,可以通过提高孩子的学习能力来改善。比如说,当孩子遇

到他自己从来没遇到过的题目的时候，千万不要马上叫孩子问老师，或者是叫孩子问同学答案，而是要告诉他你自己尝试着做，你尝试着做，说不定就有好的效果。

对孩子去参加以前没有经历过的活动，比如竞选班级干部，一次演讲，往往孩子会比较紧张，进而产生畏难情绪，这个时候，家长应告诉他，我们并不在乎结果，而是在乎你的参与，你只要参与了，就是成功。

孩子畏难情绪的产生，也有可能受家长的影响，比如，有些时候父母面临一些困难时选择了回避，或主动放弃，而不是想办法努力克服困难。当父母面对困难时不畏缩，而是想尽一切办法，努力攻克难关，孩子也会受到这种精神的感染，也会改变自己的畏难情绪。当然，挑战困难不是钻牛角尖，即便知道已经无路可走，还是不到南墙不回头。

教育孩子对困难不畏惧，是希望他们勇敢地面对生活中的困难，积极地战胜困难，而不是被畏难情绪打倒，在困难面前退缩，但也不是一味钻牛角尖，变为蛮干和鲁莽。

82. 怎样激发孩子成功的欲望？ ·······························

> 误区：孩子怎么就不争气呢
> 要点：在生活中给孩子成功的感觉

每一个孩子，在小的时候都会说长大之后我要干什么，我要做什么，但是随着孩子年龄的增大，我们会发现，孩子这种成功的梦想和欲望会变得越来越小。只有很少的学生，还坚持着儿时的梦想，甚至会有更大的梦想。对于那些失去成功的欲望和没有远大梦想的孩子来讲，家长是有责任去激发孩子成功的欲望和梦想的。那么，怎样去激发孩子成功的欲望和梦想呢？

首先，应该向孩子勾画一下未来，当然这一未来不能太虚幻。曾经有一个故事，说的是两个孩子的梦想故事，一个孩子说，我长大之后一定要到海边去看看大海，而另外一个孩子却不知道自己长大之后究竟要干什么，那个长大之后想看看大海的孩子，长大之后到了海边的城市工作。而那个没有说出自己未来梦想的孩子，就一直在原来的地方。因此，对于孩子，家长要告诉他，你希望自己未来成为一个什么样的人，你就应该为这样的目标而奋斗。

其次,家长应该创造条件,让孩子体验成功的感觉。孩子对未来的梦想为什么越来越少?对成功的渴求为什么会越来越低?往往是因为他们在成长过程中,感觉到自己的能力有限,自己的追求屡屡受到挫折和打击。在挫折和打击之下,他们已经不敢再有梦想。因此,在生活中给孩子成功的感觉,比如说让孩子独立完成一件事,给孩子设立一个近期的经过他的努力可以达到的目标,这可以逐渐树立对自己的自信。如果家长一开始就给孩子设立很高的目标,孩子怎么也达不到这样的目标,经过不断的付出总是离这样的目标有一定的距离,孩子就会慢慢失去对自己的自信,也会失去对成功的欲望。

再次,应该给孩子找一个成功的榜样。家长最好能够给孩子找一个身边的亲朋好友作为榜样。同乡中的榜样,同村中的榜样,可以让孩子从榜样中获得力量。找一个跟他的家庭环境,成长经历相似的孩子,告诉他这个孩子也是来自于这样的家庭,他也和你有同样的求学环境,他可以通过自己的努力获得成功,实现自己的梦想,那么,你只要努力,你也可以实现这样的梦想。当然,每个孩子的情况不一样,对孩子的鼓励不要变成压力,家长在对孩子成功欲望的激发过程中,不要太过着急,而要循序渐进。

83. 孩子总有"奇思怪想"怎么办? ……………………………………

误区:用粗暴的方式干涉、扼杀孩子的"奇思怪想"

要点:应该顺应孩子的天性,解放孩子的思想,让孩子思考,让孩子学会创造

父母在辅导孩子学习时,会发现有的孩子脑子里总会冒出不同的想法。这些不同的想法,在家长看来,可能是"奇思怪想"。

在应试教育体系下,拥有奇思怪想的孩子,往往会受到老师的特别"关照",老师会告诉家长,孩子的这些奇怪想法,可能不利于考出好的成绩,作文时可能偏题,回答题目时,可能不符合标准答案的要求。在老师如此这般劝导之下,家长会对孩子有这种奇思怪想非常担忧,从而希望孩子不要有奇思怪想,甚至对孩子进行严厉批评,家长的这种做法其实是不理性的。

孩子的奇思怪想,实际上反映出孩子某方面的个性,就是他对一件事情有自己独

到的见解,有自己独立的看法,不是人云亦云。孩子的奇思怪想,还反映出孩子的特长,就是孩子在这方面有与别人不一样的洞察力,比如,在对动物、植物、天文、地理等问题时,孩子有奇思怪想,恰恰显示出他在动物、植物、天文、地理方面有某种特长,家长应该用一种欣赏和呵护的态度去对待,不要用粗暴的方式干涉、扼杀孩子的奇思怪想。扼杀孩子的奇思怪想,其实就是扼杀孩子的自信心,扼杀孩子的个性和特长,以及兴趣的发展空间。

今天的教育,正是因为太强调统一、强调一致,使得很多孩子不会思考,不会有新的想法。而真正的教育,恰恰应该顺应孩子的天性,解放孩子的思想,让孩子思考,让孩子学会创造。奇思怪想就是孩子创造力的源泉。今天大家都在说要培养孩子的创造力,要培养孩子的创新意识和创新精神,可如果我们把孩子的奇思怪想都扼杀在襁褓之中,他们怎么可能会成为有创造力的人才呢?

不理解孩子的奇思怪想,还与家长对某一事物的认识有关。在孩子的成长过程中,家长也应该是一名共同的学习者。在信息爆炸时代,家长在很多时候要向孩子学习,绝对不能以长者的姿态要求孩子学什么,对孩子的奇思怪想不要横加干涉,而要精心呵护。只要孩子的奇思怪想不违背道德,不违背法律规范,是有一定道理的,是能够反映出他开阔的思维和一定的观察力的,就应该保护,因为从长远看,这样的孩子,有着更大的成为优秀人才的可能。

84. 孩子不爱写作文怎么办? ┈┈┈┈┈┈┈┈┈┈┈┈┈┈┈┈┈┈┈┈

误区:让孩子写作文,是为了语文考出好分数

要点:作文应该追求"我手写我心",即让孩子在作文中表达真实的想法,真实的情感

不爱写作文的孩子,会在整个求学中受到很大的影响,因为作文不仅是语文考试中非常重要的一个内容,而且也是大学生写调查报告、论文所需要的能力。小学、初中、高中,都会把语文作为重要的课程,而作文也是反映学生语文学习成果的非常重要的方面。

当然,让孩子写作文,并不仅仅就是为了让他语文考出一个好的分数。用让孩子

语文考出一个好分数的想法,来引导孩子练习作文,恰恰使孩子不爱作文。为什么?作文应该追求"我手写我心",即让孩子在作文中表达真实的想法,真实的情感。可是,在老师和家长指导学生作文时,总希望孩子按照一个固定的模式和套路来写作文,作文也变成八股文,充满假话、空话、套话。比如在写《妈妈》这样的作文,很多孩子都说妈妈生病了,似乎除了生病,就无法描写出妈妈的伟大来。

另外,作文其实是一种交流、表达的工具,在孩子今后的人生中,不管与别人交流,还是参加工作写报告,其实都要用到作文,因此,孩子如果不喜欢作文,父母应该告诉他,这其实就是你生存、发展的一个基本工具,你要掌握这种基本的生存技能,懂得把自己想表达的内容,通过文字书写下来,让别人领会,由此让孩子知道作文的重要性。

孩子不喜欢写作文的另外一方面原因是,见识太少,阅历太少,无话可说。因此,家长应该利用各种场合,让孩子增长见识、积累社会生活经验。但是,家长不要陷入一个误区,对每次活动都布置孩子写作文。现在有很多孩子一听到要春游、秋游就十分害怕,就是因为老师总是在春游、秋游之后要布置写作文、写心得,他们是带着写作文的目的去参加秋游、春游及参观活动的。家长让孩子参加一些实践,不是让孩子为作文而实践,而是增长孩子的见识。在参观、实践的时候,不一定让孩子马上写作业,而等孩子见识丰富、积累多起来,也就为更好的作文提供了生活来源。

引导孩子喜欢上作文,家长还可以采取孩子所喜欢的方式。比如,传统的要求孩子写日记、周记的做法,已经不受孩子欢迎,家长则可以通过让孩子开博客的方式,激发他写作文的兴趣。让孩子开一个博客,把自己生活的体会,生活的感悟贴在博客里,与网友一起交流。这种新鲜的形式,有条件的农村家庭可以一试。

增加孩子的阅读量,也是提高孩子作文质量的有效途径,对于不爱写作文的孩子,家长应该给他提供一些作文的素材,购买一些文章优美的书籍给他阅读。在通常的作文指导中,"八股文"的套路太多,由此使很多孩子失去了创作的激情。阅读更多优美的文章,而不仅仅是作文范文,说不定会转变孩子对作文的态度,对作文产生兴趣。

85. 怎样指导孩子进行课外阅读? ···

误区:孩子看"闲书"会分散学习精力

要点:家长应该允许孩子读一些"闲书",有经济条件的家庭,还应该

主动给孩子买一些课外兴趣书，让孩子读一读

学生的书包很沉重，这是很多家长都关心的话题。那么，在学生沉重的书包里，究竟都是些什么书？往往就是语文、数学、外语的教材，以及对应于语文、数学、外语教材的若干本课外练习、辅导书。在教科书、辅导书的围攻之下，现在孩子的课外阅读非常少，对于农村的孩子，这种情况更加严重。因为他们大部分时间都用在课堂上，用在教科书上、辅导书上，加上父母有时不太重视孩子的课外阅读，甚至会把孩子课外看一些故事书当成是看闲书，认为孩子看这些书是"不务正业"，是分散学习精力，是对学习没有帮助的。有些农村的孩子买了小说书，买了武打书，还不能够让父母看到。

农村家长应该转变观点，不仅要允许孩子读一些课外的书，而且还要尽量使孩子的辅导书少下来，以便他们有更多的时间去阅读课本之外的一些书籍，这样才能扩大他们的阅读面，提高读书的兴趣。现在，学校和家长都要求孩子把所有的精力都用在教科书、辅导书上，这让孩子对学习充满了厌倦，久而久之也就变得不爱读书了。大学生中不爱读书的情况，非常严重，而之所以如此，是因为他们在过去中学、小学被"逼着"读了大量的教科书、辅导书，做了大量的习题，以至于一看到书就反感。

家长应该允许孩子读一些"闲书"，有经济条件的家庭，还应该主动给孩子买一些课外兴趣书，让孩子读一读，这些书可以包括目前在中考、高考中不用考的经济书、管理书、人文书籍、人物传记等等，让孩子通过阅读这些书增长见识、扩大视野。其实，对于那些不喜欢作文的同学来说，如果说他能够多阅读课外书籍，会丰富作文素材，提高作文质量。

86. 只要记住书本上的标准答案就可以了吗？ ⋯⋯⋯⋯⋯⋯⋯

误区：把所有的学习都变为死记硬背

要点：当"标准问题"发生变化，变得"不标准"，或者是两个"标准问题"进行重新的组合之后，孩子们可能就不知道怎么样推理得到答案了

标准答案是随着标准化试题的推广而出现的一种答案，往往在孩子的学习过程中，会出现背诵标准答案的现象。有一些家长认为，只要孩子记住了书本上的标准答

案就可以了,而这种对孩子学习的要求,一方面扼杀了孩子的个性和创造性;另一方面,也使得学习变成了囫囵吞枣、不求甚解,当"标准问题"发生变化,变得"不标准",或者是两个"标准问题"进行重新的组合之后,孩子们可能就不知道该怎么样推理得到答案了。

在基础教育领域,标准答案已经成为被批判的对象,当然由于大家强调应试教育,希望考试能考出高分,而且在考试中客观题目偏多,因此记标准答案也是无奈之举。但家长应该让孩子知道,逻辑推理的过程,比记标准答案更有效,同时也要让孩子保持他对问题独到的看法、独立的见解。

每一个题目的答案,完全不可能以标准答案来涵盖,学生也不能以背诵标准答案的方式来完成对书本知识的掌握。对孩子的学习来讲,要突破标准答案的限制,就要鼓励他们不要只追求记住答案,而应对题目有充分的理解。另外,在书本的标准答案之外,应该提高孩子综合分析、逻辑推理的能力,不要追求一看到题目就能够马上想到答案,而要追求有一种正确的逻辑思维习惯、较强的分析推理能力,因为正确的逻辑思维、较强的分析推理,能解决各种各样的问题。

87. 考试成绩下降就是学习退步吗?···

误区:考试成绩下降,肯定退步了

要点:仅仅看孩子的卷面分数从 90 分降到 75 分,就判断他学习退步,显然是不合理的

考试成绩是衡量学生学习的重要标准,因此每一个家长都很关心孩子的学习成绩。那么,考试成绩下降就是学习退步吗?

在一个班级里,每个学生的分数,是随着考题的难易而发生变化的,某一次考试,某一个学生考了 95 分,但是题目比较简单,他在全班 40 人里面排在 20 名;另一次考试,他只考 75 分,但是题目很难,75 分在全班 40 名同学里,排在 15 名。所以,仅仅看孩子的卷面分数从 90 分降到 75 分,就判断他学习退步,显然是不合理的。

当然,现在的义务教育学校,由于不提供孩子的名次,往往家长看到孩子的卷面成绩就会心发慌,看到孩子从上一次考试考 90 分,到这一次考试考 75 分,马上就判断孩

子的成绩退步了,进而对孩子兴师问罪,家长这样做是不对的,对孩子来讲也是不公平的。

首先,家长在看到学习成绩时,应该与孩子沟通,了解孩子对这次考试难易的评价,这样才可以判断孩子是不是有所退步。

其次,一次考试成绩其实看不出太多的问题。有的家长特别关心孩子成绩的起伏,当孩子成绩考高了一点马上开心,当孩子成绩下降马上就很失望,其实这种心情的起起落落也会影响到孩子的学习情绪,变为"分分分,学生的命根"了。

考试本身是对教学效果的评价和反馈,千万不要把考试变成对学生的终极评价,并根据成绩进行奖励或惩罚。考试的基本功能应该是,从中发现学生是不是掌握了相关教学内容,然后对老师的教学方法进行调整,对学生的学习方法进行调整,当一个学生连续考试成绩滑坡,老师和家长应针对这种情况,对其学习方法进行分析,找到其成绩下滑的原因。

88. 孩子遇到考试就紧张怎么办？···

> 误区：考试紧张不就完了吗
> 要点：要孩子不紧张,家长自己先不要紧张,在考前制造紧张的气氛

遇到考试就紧张,在很多孩子中都不同程度发生,尤其是在一些关系未来人生发展的考试,比如说中考或高考面前,有些孩子就会临阵怯场,具体表现是呼吸困难,脸色惨白,脑子一片空白。孩子出现这种情况,很有可能影响考场发挥,家长要帮助孩子舒缓考试焦虑或紧张的情绪。

第一,要让孩子认识到考试是对过去自己努力的一个反映,也就是说,如果已做好充分的准备,考试是不会辜负我们每个人的。在考场上,一个人平时成绩一般,但却考出好的成绩,或者一个人平时成绩优秀,却考得一塌糊涂,这种可能性都是很小的。因此,孩子不必担心考试出现失误,越是担心,就越会紧张,越会失误。

第二,要教给孩子舒缓考试紧张情绪的一些办法。比如说,在考试之前进行深呼吸,让自己紧张的情绪平息下来,不要再去想过多的考试考不好怎么办这样的话题。

第三,在考试期间家长过分关注考试,甚至在孩子中考或高考的时候去定"状元"

餐,给他吃补品,这都会让孩子产生考试的紧张情绪。要孩子不紧张,家长自己先不要紧张。

第四,对于在考试中可能出现紧张的孩子,要告诉他,在考试里适当的紧张是正常的,不紧张倒是不可能的。适当的紧张会使注意力集中,因此遇到紧张不要担忧,这是很正常的情绪反应。而且即便在考试中出现临时怯场,比如说一时脑子空白,什么也想不起来也没有关系,坐下来静静地想一想,让自己的心绪冷静下来,或者喝口水放松心情,缓解缺氧现象,过一段时间之后你脑子里所有的信息都会恢复,因此不要陷进过分紧张的情绪中。

第五,对待考试应该做到考一门忘一门。有的考生考完之后,还会纠缠于这次考试的得失,觉得某一道题目应该做对而没有做对,非常懊恼,觉得自己考试时间的分配还不是很合理,导致有一些分值比较大的题目还没有做好。这种情况,会对接下来的考试产生不利影响,尤其在中考和高考之中,学生一定要摆脱这种老是纠缠于前一门考试的情况。考试已经过去,结果已经无法更改,与其如此,你还不如把它忘掉,然后关心下一门考试。当所有考试全部结束之后,你再来考虑这一次考试,不是更好吗?

因此,对待考试紧张的问题,家长一定要引导孩子正确认识考试对于学生的全面意义,不要人为制造考试的紧张情绪,也不要让孩子对考试中可能遇到的问题而紧张,考试保持适当的紧张,可以让他更加集中精力,对学生来说并没有坏处。当家长主动为孩子消除紧张情绪之后,孩子考试的过度紧张情绪,也就可以得到一定程度的舒缓。

89. 孩子平时十分用功,为何考不出好成绩? ··························

误区:孩子成天盯着书,很用功的

要点:读书要讲究方法和效率,不要死读书、读死书

孩子平时十分用功,为何考不出好成绩? 这是很多家庭的苦恼,也是很多孩子的苦恼。对这种情况,存在以下两方面的原因。

一方面,孩子平时用功不等于学习有效率。有的孩子成天盯着书本,不离开书本,但是学习效率不高。也就是说,虽然花了很多时间,但是没有把知识学进去,家长看着孩子特别用功,孩子也觉得自己用功,但是掌握的知识并不牢,并没有把知识学进自己

的大脑。

另一方面,虽然平时的测试不错,作业也完成得很好,但是到了关键考试,却考不出好成绩,这就是孩子考试临场发挥的问题。或因为孩子考试过于紧张;或因为考场上没有注意合理安排时间,有时在一道题上花的时间过多,以至于整个考试的时间没有进行很好的统筹;或因为孩子对一些题目理解失误。

孩子平时十分用功,却考不出好的成绩,应该说以上两方面原因都有。而最主要的原因,可能是孩子平时的学习方法不当,掌握知识并不牢固。对于这样的孩子,提高学习效率非常重要。现在有一些孩子确实是苦读书,读书苦,但就是没有读出好的效果。这需要他们掌握正确的读书方法,懂得提高读书的效率,提高单位时间的产出。同样是孩子们在一起读书,我们可以看到,有的孩子在较短的时间里面就可以掌握知识,有的家长可能说这是孩子聪明,但实际上有些时候这跟聪明无关,而与这个孩子是不是集中精力有关。当读书的时候,脑子里面还想其他的心事,望着书本出神,而不是把精力聚集在书本上,这样的孩子与一个一看到书,就聚精会神,不再想其他事情的孩子相比,读书的效果肯定是不一样的。因此家长不但要关心孩子花多少时间读书,更要关心孩子读书的方法和效率,读书效率高的孩子即便花的时间少一些,用更多的时间去运动去休息,得到的效果,比那些把全部时间都用在读书上的孩子要更好。当孩子在书桌前的时间太长,家长应该把孩子从书桌边赶走,让他去运动、活动,适当运动之后,才有可能提高学习效率。

90. 孩子不爱学习怎么办?

误区:再读书也读不出什么好结果来

要点:应该从更全面的角度去发现自己孩子的兴趣特长,并创造一定的环境,让孩子的兴趣或特长得到发展

当孩子读到小学高年级,或者初中的时候,有些家长根据孩子的学习情况,就会得出一个判定:这个孩子不是读书的料。从卷面考试这个角度,从书本知识学习的角度,成绩不好的孩子,确实有可能在知识学习上,存在着一些悟性上的不足。但是家长作出这样的判断,是基于把孩子的学习都定位为书本知识学习,这本身就是对读书求学

的一种误解。在这种误解下,会产生两个问题。一个问题是,有的家长在孩子读完小学,或者初中一年级的时候,就会考虑不让孩子再读书,因为他认为孩子不是读书的料,所以说再读书也读不出什么好结果来,因此不如让他早一点去打工挣钱。而且在这些家长看来,初一、初二时孩子已经十二三岁,他们已经拥有基本的识字能力和一定的生存能力,尤其是男孩,也可以干一些工地的粗活,所以他们觉得这个时候,还不如干脆就不让孩子再继续读书,让他们打工去。这是第一个问题。

第二个问题是,家长会逼着孩子去努力读书。为什么会这样呢?因为家长认为孩子的学习成绩是要逼出来的,虽然现在不是读书的料,但是采取逼迫的方式有可能把他逼出来。在当前的教育体系中,家长的这种做法也是可以理解的,但实际上,孩子的能力是多方面的,一个学生可能不是读书的料,语文不好或者数学不好,但是这个孩子可能音乐很好,艺术有天赋,体育很擅长,家长应该知道孩子更广泛的兴趣,并按照孩子的个性、特长去发展。

今天的社会,也逐渐给学生提供了个性发展的空间。有的孩子虽然读书不怎么好,但是成了奥运冠军;有的孩子学历并不是很高,但是成了著名作家。因此家长不能逼着孩子去走通读书这条路,而应该从更全面的角度去发现自己孩子的兴趣特长,并创造一定的环境,让孩子的兴趣或特长得到发展。

91. 孩子想辍学打工怎么办?

误区:如果不能升学,读下去还有啥出息

要点:一个学生如果能够在学校里多读一年书,能够完整地接受完九年义务教育,其素质是完全不一样的

一般来说,想辍学打工的孩子出现在初中。就像有一些父母认为自己的孩子不是读书的料一样,有的孩子认为自己读下去没有前途,因此他们会想到在初中阶段就辍学打工。对于这样的孩子,家长应该采取怎么样的办法?

首先,作为一名负责任的家长应该承担作为监护人的责任,让孩子完成九年义务教育。根据《义务教育法》的规定,每一个孩子要接受九年义务教育,也就是说六年小学三年初中,接受完这样的义务教育之后,孩子才可以进入社会去工作。因此初一、初

二辍学,实际上是违法的,是违反《义务教育法》的,家长要承担相应的责任。

其次,孩子之所以会认为自己不是读书的料,可能是来自家长对他们进行这样的评价,也有可能是学校的老师,对他们进行这样的判定,让他们失去了继续读下去的信心和追求。如果仅仅把升学作为孩子唯一的出路,必然会产生"如果不能升学,读书就没有价值"的判断,但实际上,读书是为了让学生获得更好的生存能力,提高社会竞争力。如果以这一视角来评价读书的价值,我们就会发现,一个学生如果能够在学校里多读一年书,能够完整地接受完九年义务教育,其素质是完全不一样的。当今后再来回顾自己接受的教育,孩子自己也会很后悔,后悔自己当年没有读足够的书,没有接受完整的义务教育。因此,对于孩子辍学打工的打算,家长无论从监护人的角度,还是对孩子负责任的角度,都应该阻止孩子辍学打工。其实,早一年打工,在目前义务教育全免费的环境下,孩子最多省下一年的生活费,家长应看得长远一点。

92. 如何与孩子一起规划未来? ∙∙∙

误区:只关注学习,不关心职业兴趣与职业发展

要点:家长应该和孩子一起规划未来,共同设计未来走怎样一条道路

职业生涯规划对于每一个孩子来说,都非常重要。在我国,职业生涯规划往往起步很晚,有些学生初中毕业、高中毕业,甚至大学毕业都不知道自己未来想干什么、能干什么,都非常迷茫,这就是缺乏职业生涯规划的结果。家长应该和孩子一起规划未来,共同设计未来走怎样一条道路。在孩子初中毕业的时候面临选择,是继续读普通高中,还是读职业高中,或者是就业;在高中毕业的时候也面临选择,是上大学还是出国,还是直接工作;在大学毕业的时候也有很多选择,是继续升学,还是出国,还是在国内就业。在每一个人生的关口上,父母应该是孩子很好的参谋,应该与孩子一起来规划孩子该走怎样的一条道路。

在现实生活中,往往存在这样一种情况,就是父母代替孩子来规划一切,就是孩子按照父母的规划来升学,或者就业,孩子对自己的未来没有一点想法。这样对孩子进行的未来规划,是不利于孩子成长的。

最合适的方法是家长应该首先听孩子的意见，他想干什么，他想在初中毕业之后升普高还是进职高，还是直接就业；他想在高中毕业的时候升大学，还是想放弃大学，直接找工作，听听孩子的意见，并听听他为什么有这样的一些想法。其次，共同分析每一条未来道路的可行性。所谓可行性，就是家庭条件的可行性，以及孩子自己实力的可行性，因为当初中毕业之后孩子进入高中是进入到非义务教育阶段，非义务教育要收学费，是要有一定资金的支出的，而进入大学也是要缴学费的，家长和孩子要分析孩子上重高、上普高，上职业高中符不符合自己家庭的经济实力，孩子是不是有这样的实力条件。同样，在上大学的时候也要进行这样的分析，没有这样的分析，就盲目地跟从别人的选择，有些时候会出现一些严重的偏差。比如说有的家庭看着另一个家庭有孩子上大学，认为上大学将获得一个好的"身份"，可以光宗耀祖，为家庭争面子，以至于家庭背负了沉重的债务，而孩子在大学毕业的时候没有找到工作，几乎崩溃。只有事先规划，未雨绸缪，才可能让孩子的未来走得更坚实。走一步想三步，而不是走一步想一步，这样才有对未来的长远构思，才会让孩子更好地把握住属于自己的机会。

93. 孩子中考失利怎么办？ ·······················

误区：中考不如意，上大学就没戏

要点：不要因孩子中考的失利，而看死孩子的未来发展

中考是人生中非常重要的一个转折。中考对学生来说意味着基本的分流，有的学生进入重点高中，有的学生进入普通高中，有的学生进入民办高中，有的学生进入职业中学，中专或技术学校，还有的学生就将开始参加工作。对孩子的不同要求，会让家庭产生不同的失利感觉，有的家庭希望孩子进入重点高中，但是孩子进入了普通高中，这是一种失利；有的家庭希望孩子进入公办的中学，但是由于考试略有偏差进了民办的重点中学，这是一种失利；有的家长希望孩子能够进入普通高中，但是没有达到普通高中的录取分数要求，这也是一种失利；还有的家长希望孩子能够考进职业高中，但是孩子连职业高中的分数线都没达到，这也是一种失利。

对待孩子在中考中的失利，家长应该正确对待。第一，高中是非义务教育，因此不是每一个学生都可以接受的教育。对于孩子的失利，不能过多地指责孩子。我们经常

看到这样的事例,在一些地区中考分数公布之后,孩子觉得上重点高中没有希望,选择了自杀。这就是由于父母给他过大的压力,这些孩子会觉得考差了无颜面对父母,所以选择了这样的道路,家长应该引以为戒。

第二,不要以孩子上了怎样的高中,而"看死"孩子的未来发展。有的人认为孩子上了重点高中,就进入了上重点大学的保险箱。有的家长认为孩子进了职业高中,今后就永远只能做工人。这些都是以孩子的今天,来认定孩子的明天的简单思维。我们可以说,孩子进了重点中学,上重点大学的可能性更大,但并不能由此认为,进大学和做一个工人,他们之间有太大的差距,他们在人格上是平等的,在劳动价值上也是平等的。而另外,只要努力,孩子的未来发展还可以重新规划。比如说上了职业高中的学生,今后还可以上高等职业学校,高等职业学校毕业之后还可以选择上本科学校,还可以选择继续深造,只要愿意,读书上学的机会很多。家长要用发展的眼光来正确对待孩子当前的情况。

第三,家长要与失利的孩子一起来度过这个难关。在中考中,有部分学生没有考出自己的理想成绩,他们的内心也非常痛苦。家长不要过多地埋怨,而应该鼓励他们,消除他们失望、沮丧的情绪,让他们面对这样的结果重新进行规划,能够在未来的学习生活过程中有更好的表现。毕竟我们不能一直生活在过去、生活在失利的阴影之中,而应该对将来充满信心。

94. 高考需要陪考吗? ···

误区:陪考可以万无一失

要点:把高考看淡,不要过于焦虑

高考被认为是人生中的大考,每年高考都有众多的家长会放弃工作选择陪孩子参加高考,以便给孩子无微不至的照顾。家长的这种心情可以理解,但是高考陪考也有不少弊端。

第一,高考陪考实际上向孩子传递了很大的考试压力。虽然高考很重要,影响到孩子未来的人生发展,但高考毕竟是一场普通的考试,就像孩子们平时所经历的若干次考试一样。家长应该相信,这些身经百战的考生,也能够度过这次人生的大考,能够获得好的成绩。过分的无微不至的照顾,放下手中工作完全围着孩子转,反过来会向考生传递很大的考试压力,引发考试焦虑。

第二,高考的陪考过程中,父母的情绪有时也会影响到孩子的情绪。一般来讲,当孩子独立去面对考场的时候,除了压力较小之外,他们也不用考虑对周围人的感情的照顾。当父母陪考时,孩子考完之后,父母问也不好,不问也不好,孩子对父母交流考试情况也不好,不交流也不好,因此这也可能会增加考生考后的焦虑情绪。

对于高考,家长应该充分相信孩子有能力独立面对。当然,从关心孩子的角度出发,如果孩子到异地城市考试,需要解决住宿问题,还有考场不熟悉的问题,有家长帮助打理,也是可以的。但是家长一定要注意,不要在陪考过程中向考生施加各种各样的压力,而要尽可能让他们处于较为自然的状态。实际上,只要在考场上发挥出自己的真实水平,对于每个高考考生来说,就是成功。

95. 孩子高考失利怎么办? ······························

误区:责骂孩子

要点:高考失利并不是世界末日,家长要鼓励孩子对未来充满信心

孩子高考失利有多种情况:有的孩子原有希望考上重点大学,但由于考试发挥不理想,与一本重点高校失之交臂;有的学生认为自己有希望考上本科院校,结果上了高职高专;还有的学生没有被任何大学录取,直接落榜。

对于孩子的高考失利,家长应该有理性的态度。

首先,要对孩子的失利进行安抚,而不是打击和责骂。由于孩子上高中,家长花了不少钱,同时,考上大学对于农村孩子来说,意味着命运得到转变,因此家长对孩子高考的成功寄予厚望。另外,在当前情况下,不少家长认为孩子只有考上重点大学,才算"考上大学",因为60%以上的学生在高考中都有机会上大学,因此很多家长已经认为上大学不是很稀奇的事情,考上重点大学才算成功。当孩子没有考上重点大学,家长失望的情绪油然而生,甚至会责骂孩子,这给孩子的压力是双重的,一方面是面对家长的责骂,另一方面是对自己未来前途的失望。因此家长在这时候,不能埋怨孩子,不要逼孩子陷入绝望的境地。

其次,要根据孩子考上的学校,重新规划孩子的未来。录取进重点大学,或者是普通院校,或者是高职高专,他们未来的道路怎么走,还要取决于他们各自的努力,并不是说上了重点大学就一定意味着有好工作,上了普通大学、高职高专未来就没有好工作。家长应该正确看待各类高等教育给孩子提供的机会,鼓励孩子抓住大学的机会努力成长,实现自己新的规划。如果家长认为孩子上了重点大学就有很好的工作,反过来可能使孩子上了重点大学之后不再努力,从而导致他们在大学毕业时候的竞争能力,可能还不如一般本科院校,甚至高职高专的毕业生。

第三,对于高考落榜生,家长也应该与孩子一起承担落榜的压力,而不能让他独自承担。落榜的孩子情绪往往很低落,因为几年的奋斗没有考上大学,于是感到前途渺茫,同时也辜负了父母的期望。其实,落榜学生的道路,还是很宽阔的。可以继续复读,当然,选择复读要分析是不是有考出更好成绩的潜力,与大学的录取分数线差多少;还要分析家庭的经济实力,是不是可以支持他继续复读。还可以选择就业,选择就业的孩子可以到城市里面打工,或者在当地就业。而即便是选择就业,也不意味着他今后就不再读书,现在是终身教育时代,孩子还有很多的机会可以继续读书,包括成人教育,电视大学,还有自考,他可以通过这些渠道获得大学的教育,提高自己的能力。因此对落榜的学生,家长也要看到他的路是宽广的,而不要认为其前途一片灰暗。

96. 孩子坚持复读怎么办？认准考某所名校怎么办？…………

误区:大学考好一点总归更好

要点:正确评估发展潜力

在高考中,有这样一些情况:有的孩子已经上了本科,而且是一本的重点院校,但是他觉得这所学校不是名牌学校,准备放弃,希望复读明年考上名牌学校;有的孩子考上二本院校,希望复读明年考上一所一本重点高校;还有一些孩子,考上了高职高专,觉得高职高专今后拿的文凭只是专科的文凭,因此希望复读,能够再次参加高考,明年考上一所本科学校;还有一些孩子被某一所学校录取,但对专业不满意,也希望通过复读,以考上更好的专业。对于坚持要复读的学生,家长该怎么办?

首先,分析孩子想复读的具体原因,以及孩子是否有复读的潜力。孩子提出复读,如果父母不满意,不满足他们的愿望,可能在未来的学习过程中,孩子会抱怨父母一辈子,这种情况是存在的,因为有些孩子不会理解父母的艰辛。但是复读并不一定收到好的效果,因为在复读过程中,他的想法就是要考上更好的学校,因此他的压力必然更重,不像第一次参加高考那样,相对来说可以轻松上阵。参加复读学习,他对自己要求更高,所以说有更大的压力感。而这种压力下学生能不能考出好的成绩,还要看他自身怎么样承担压力,怎么来规划自己复读的生活。

在现实中就发生过这样的事例,有的孩子第一年复读,没有考上他理想的学校,继续复读,也没有考上他理想的学校,还要继续复读,最后昏倒在高考考场上,这就是过分的复读考试的焦虑。孩子自身很痛苦,家长也很心疼。因此分析自己的潜力,建立合适的大学期望非常重要。

其次,考生是否复读还与家庭的经济情况有关。有的学生选择复读,可能是出于一种自私的考虑,因为复读过程中肯定是需要父母投入更多的经费支持他学习。出于对孩子的爱,父母往往会同意,但是在父母同意的过程中,应该对复读的孩子交底,进行交流沟通,说明家里的经济情况,让孩子在继续复读和上虽已录取,但不甚满意的大学之间作一个理性的选择,而不能一意孤行。

第三,应该用更正确的观点引导孩子看待高等教育的机会。孩子高考能够一下子考中一所名牌学校,这固然可喜,但是没有考上名牌学校,不一定意味着他今后的道路,今后的发展会受到这所非名牌学校品牌的严重影响。实际上只要孩子努力,他上了一所一般的重点学校,几年之后照样可以考研,考到名牌学校;上了一所一般的普通院校,几年之后也可以通过自己的努力考上重点大学。所以不要太在乎一所学校外在的身份品牌,而要关心这所学校能够给你怎样的教育,而且要分析自己的实力,是不是能够把握这样学校的机会,因为复读对学生来说意味着有各种各样的可能性,最后有可能达到自己进入更好学校的目标,也有可能达不到你进更好学校的目标。因此,在孩子要坚持复读的时候,家长应该跟孩子一起进行分析,作出一个理性的选择。

97. 面对昂贵的大学学费怎么办? ·······································

误区:一夜愁白头

要点:大学承诺"不让一个学生因家庭贫困而辍学"

在每年新生报到期间,都会传出这样的新闻,某地农村的老农,为了筹措孩子上大学的学费,一夜之间愁白了头,甚至还有的父母选择自杀这样的方式来寻求解脱。

这一幕幕人生悲剧听来让人很辛酸,我国的大学学费高,是不争的事实,但实际上,农村的家庭之所以发生上述不幸事件,是因为他们不知道国家有相应的助学贷款政策。针对贫困大学生上学的问题,国家推出了国家助学贷款和生源地助学贷款政策,允许家庭困难的学生可以进入大学后在大学所在地银行贷款,也可以在农村当地进行生源地贷款,以助学贷款来支付学校的学费和求学过程中的生活费用开支。此外,众多的学校也在大学开学的时候,开辟了"绿色通道",也就是说,家庭贫困学生只要拿着当地政府出具的家庭贫困证明,到学校之后,在学校的绿色通道就可以顺利办理入学手续,办好入学手续之后,通过确认贫困学生身份,可以办理国家助学贷款补交学校,家庭特别困难的学生还可以获得困难补助。因此在求学过程中,家长不要被学校的学费所难倒,而要相信政府"不让一个学生因贫困而辍学"的政策,充分地利用这样的政策,来解决孩子上大学学费的困难。

另外,要鼓励孩子在大学中通过努力学习,获取国家奖学金、国家助学金、学校奖学金。目前不少学校都设有多种奖学金,如果学生在学校里面表现优秀,可以获得奖学金,用以支付学费以及生活费。

除此之外,家长还应该鼓励孩子利用空闲时间,从事一定的勤工助学,既锻炼自己的实践能力,又可以获取一定的经济支持,解决上学的费用。

因此,有国家助学贷款、助学金、奖学金、勤工助学等政策的支持,农村家庭实际上不应该为大学的学费而烦恼。

98. 有人说能帮孩子上大学怎么办？ ·······················

误区:轻信诈骗

要点:要懂得大学招生录取的规则与纪律

在每年的高考季节,都会出现各种各样的招考诈骗。比如,有人告诉农村家长,说他们有特殊关系,可以与孩子报考的大学疏通,保证孩子的档案进到这所学校就可以被录取;比如,说孩子即便没有达到这所大学的录取分数线,但是他们可以帮助拿到大学的内部指标,实行点招等等;还比如,有一些诈骗分子,利用家长对各类高等教育不了解来进行诈骗,把某一所学校的成人教育、继续教育、自考也变成学历教育,有的家长等到孩子去上学才发现,这与事先许诺的教育环境大相径庭。

对于一些高考分数没有达到自己理想的水平,但是想上更好学校的学生来说,往往这样的一些诈骗行为可以奏效,一些农村家庭也不惜借款去交给骗子,去"疏通"这样的关系。实际上,诈骗分子正是看中了农村家庭孩子想上大学,但同时不了解大学招生规则这一弱点。在当前的高校招生中,其实已经没有计划外招生的名额,所有招生都是在计划内统一安排,那种认为能够搞到计划外指标的做法,本身就漏洞百出。另外,在高校招生中,尤其是实行平行志愿之后,只要考生的档案投进学校,学生服从专业志愿调剂,基本上都可以录取,那些承诺可以帮助最后录取的行为,实际上在录取中,根本没有起到任何的"疏通"作用,而只是白白地骗了你的钱。对于骗子故意混淆各类高等教育的行为,家长要有所警惕,了解学校的办学详情,因为普通高等教育、高等职业教育、自考、高等教育学历文凭考试、成人教育是不一样的。

因此,家长在面对有人主动来游说他们能帮孩子上大学,能搞定"名牌大学"的时候,不要轻易相信,而要及时向公安机关报案。从对孩子负责的角度出发,也应该按照目前的阳光高考政策来进行高考的报名,参与高考的录取过程。那些寄希望于通过别人疏通关系进入更好学校的想法,本身来讲,就是破坏高考秩序,对其他考生也是不公平的。

99. 父母要送孩子上大学吗?

误区:送孩子上大学才放心

要点:孩子独自或结伴上大学,对他们也是一种锻炼

孩子从农村考上大学,是家庭的一件大喜事,往往很多父母会决定亲自送孩子到大学,有些时候是父母双双买车票送孩子一起踏上上大学的行程。家长的这种心情是可以理解的,但是亲自送孩子上大学大可不必。一方面,送孩子上大学会让家庭花费一笔不小的开支,当然家庭有足够的经济条件是可以的,但是对那些家庭经济情况不允许的家庭来说,借款送孩子上大学是不理智的。

另一方面,孩子独自上大学,也是对他自主生活能力的一种锻炼。有的孩子从小生活在父母的身边,没有离开过乡村,没有离开过县城,所以父母对孩子上大学的旅途安全有担忧是难免的,但是要相信已经成人的孩子,是可以独立地面对问题的,自己去上大学,更是锻炼他独立处理问题能力的好机会。

第三,家长还可以选择让孩子们一起去上大学。比如,大学开学时,某个大学新生可在网上发帖,问同地区有没有与他同方向的新大学生,还有一些老大学生,能否在同一时间一起去大学。这种帖子,很快就会得到回应,同一个地区同一个县城的孩子考到同一个地方的大学的可能性是蛮大的,因此,如果有几个孩子一起结伴去上大学,这样在路上彼此有个照应,家长也很放心,也节省了家庭的一部分费用。

每年新生开学时,在很多大学的体育馆、运动场上,经常可以看到有一些送孩子上大学的父母,由于学校的住宿不够,而在这里席地而睡,真是可怜天下父母心! 但是,也让人觉得不是滋味——孩子们此时正享受着大学的优美环境,住在大学宿舍里,而安然地让自己的父母睡在体育馆、运动场,这种强烈的反差,也表明父母直到此时还是在对孩子进行无尽的付出。父母要懂得让孩子从自己的翅膀下飞出去,成为独立翱翔蓝天的雄鹰,让他们长大成人,而不能一直呵护他们到老。

100. 孩子大学毕业回农村工作是否丢人现眼？ ....

误区:孩子一定要做"有面子"的工作

要点:毕业不工作,"啃老"才是没有面子

随着大学生培养规模的增加,近年来大学生的就业形势越来越严峻。为了解决大学生的就业难,呼吁大学生到农村、到基层工作的呼声越来越强烈。

实际上,随着高等教育的大众化,每年有 700 万的大学毕业生,必然会出现一个现象,就是大学生到各行各业基层去工作,而且通过大学生到各行各业基层工作提高各行各业的服务水平,也是发展高等教育的重要目的之一。也就是说,大学生到农村、到基层单位工作,已经是大势所趋。

但是,对于大学生到农村、到基层工作,对于大学生到猪肉销售业卖猪肉,到娱乐城当搓澡工,有很多农村家长难以理解。他们认为辛辛苦苦让孩子读了这么多年书,好不容易考上大学，却再回到农村来当"农民"，或者到一个与他们心目中想象的工作相去甚远的工作岗位上去工作，是丢了家庭的脸，丢了大学生的脸。

当然，这种观点并不仅仅存在于农村家庭，整个社会的劳动价值观念都存在着这样的偏差。农村家长要逐渐改变孩子上大学，就是要去做"体面"的工作这样的一种想法，而要用一种新的观点去看待孩子的成长与就业。首先，孩子到农村工作也好，到基层工作也好，并不意味着他们就一辈子在农村工作，一辈子在基层单位工作，在农村工作和在基层工作，会为未来发展积累基层工作的经验，为未来的发展打下坚实的基础，只要他有远大的理想，有可能会离开农村，会离开基层，实现更大的发展。

其次，农村也需要人才，基层也需要人才，大学生到农村、基层，也可以完全扎根下来，以他的能力带动农村实现翻天覆地的变化，带动整个基层单位焕然一新，这也是人才的价值体现。并不是说一个人一定要在某种"风光"的工作岗位上，做出轰轰烈烈的事，才是有作为。

再说，相对于孩子找不到工作，流浪于城市，或者继续要求父母提供经济援助来说，孩子找一份基层的工作，让自己的生活有保障，家长应该感到欣慰。如果说以做某些工作为"丢人现眼"，要求他不要去找这样的工作，那么又让孩子去找什么样的工作呢？他如果找不到工作，一直失业在家"啃老"，难道不更加"丢人现眼"吗？

图书在版编目（CIP）数据

农村家庭教育 100 问/熊丙奇编著. —上海：华东师范
大学出版社，2010.8
（农家教育丛书）
ISBN 978 - 7 - 5617 - 8035 - 0

Ⅰ.①农⋯　Ⅱ.①熊⋯　Ⅲ.①家庭教育-问答
Ⅳ.①G78 - 44

中国版本图书馆 CIP 数据核字（2010）第 164122 号

农村家庭教育 100 问

编　　著　熊丙奇　国庆波
项目编辑　王　海
审读编辑　于科仁
责任校对　王　卫
装帧设计　卢晓红

出版发行　华东师范大学出版社
社　　址　上海市中山北路 3663 号　邮编 200062
电话总机　021 - 62450163 转各部门　行政传真 021 - 62572105
客服电话　021 - 62865537（兼传真）
门市（邮购）电话　021 - 62869887
门市地址　上海市中山北路 3663 号华东师范大学校内先锋路口
网　　址　www. ecnupress. com. cn

印 刷 者　江苏南通印刷总厂有限公司
开　　本　787×1092　16 开
印　　张　7.25
字　　数　119 千字
版　　次　2010 年 9 月第 1 版
印　　次　2010 年 9 月第 1 次
印　　数　1—5100
书　　号　ISBN 978 - 7 - 5617 - 8035 - 0/G·4694
定　　价　13.80 元

出 版 人　朱杰人

（如发现本版图书有印订质量问题，请寄回本社客服中心调换或电话 021 - 62865537 联系）